一園半廈集

笪国良 著

SJPC
上海三联书店

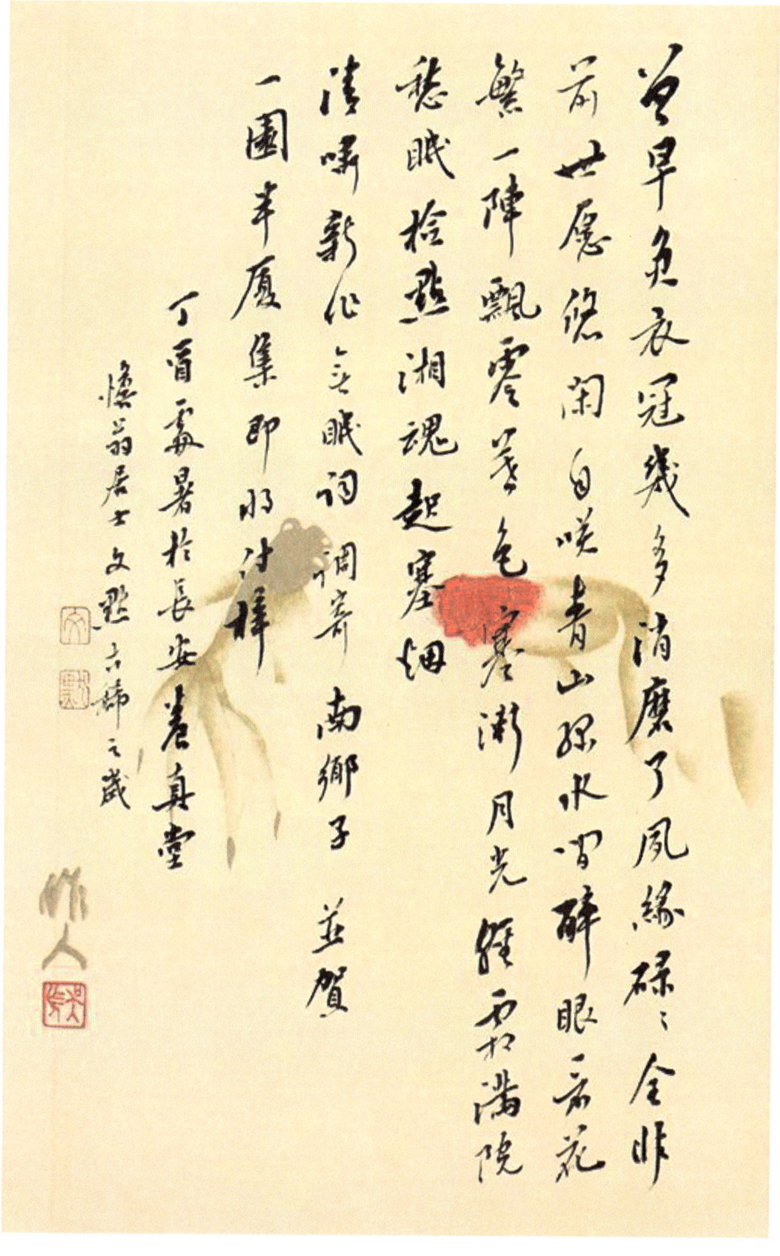
苟早負衣冠幾多消磨了風緣碌碌今非
前世愿悠閑自笑青山綠水間醉眼看花
繁一陣飄零落色寒澀月光難霽滿院
愁眠檢點湘魂起塞烟
清嘯新化之之眠詞調寄南鄉子 並賀
一園丰履集即以付梓
丁酉霜暑於長安蒼真堂
懷翁居士文熙六歸之歲
作人

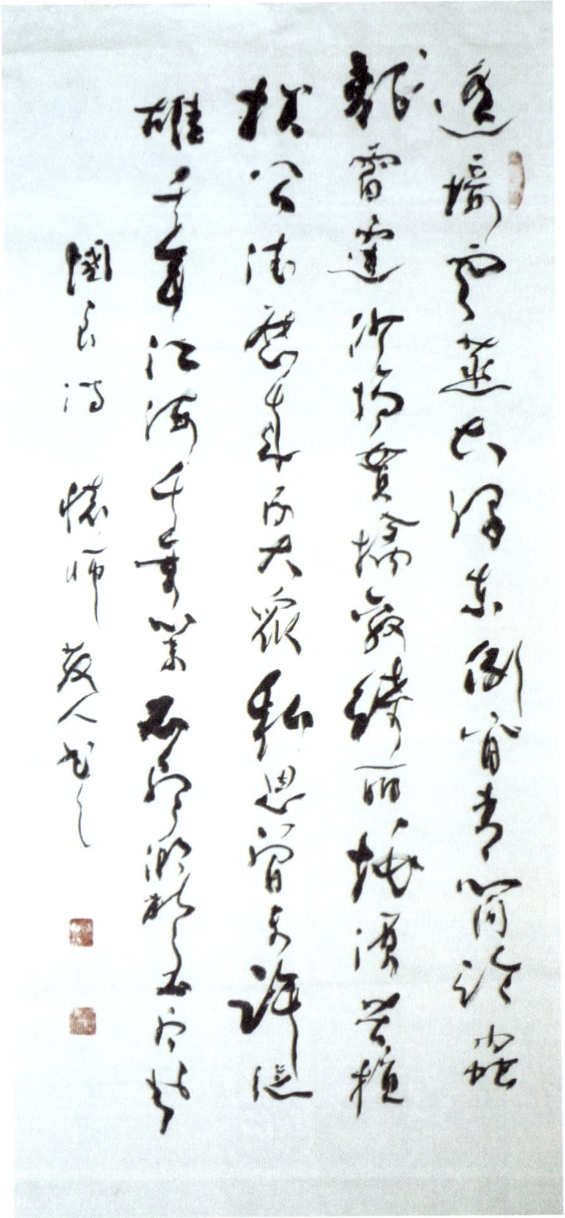

遥接云蒸大泽东，倒看青简论虫龙。雷霆沙场贯擒敌，绮丽桃源苦植松。

公德历来存大众，私恩曾未许从雄。千年江海千年业，不尽潮声不尽风。

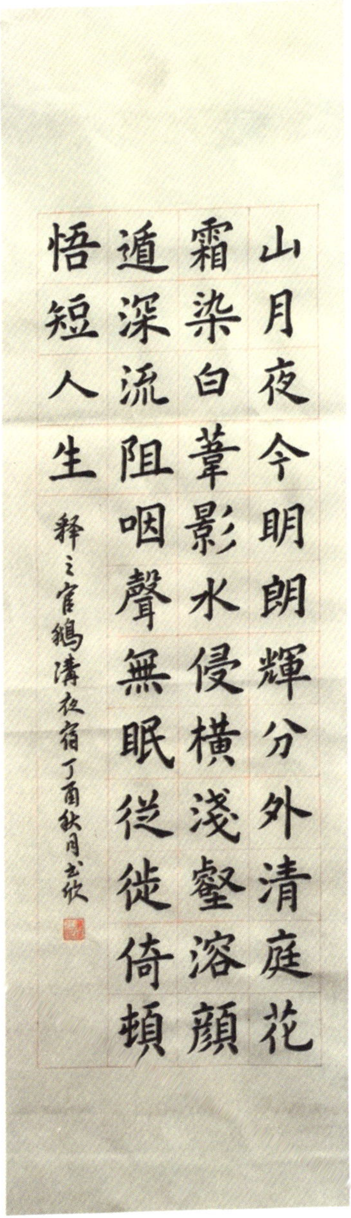
山月夜今明朗輝分外清庭花
霜染白葦影水侵橫淺鬢溶顏
遁深流阻咽聲無眠從徙倚頓
悟短人生
释之官鸿涛夜宿丁酉秋月书欣

《一园半厦集》序

马家骏

我中华泱泱大国，如珠穆朗玛屹立，雄视寰球，繁荣昌盛。中华精神飞扬四海，世界仰慕； 中华文化五千年，亘古至今连绵不断。真个是： 钟灵毓秀，人杰地灵。就以诗歌而言，中国也是诗歌大国： 自《诗经》、《楚辞》以降，我国诗歌浩如瀚海，作品比恒河沙数；诗人历代崛起，灿若繁星。以李白、杜甫、白居易为代表的唐诗，以苏东坡、柳永、辛弃疾为代表的宋词，确是诗歌之经典。因在古代，故曰古典（西文是同一词），现代人按其方式与规则创作，应称诗词形式为传统诗词。『五四』学西文的译拜伦、海涅、雨果、普希金为白话，体现不了原诗韵律，其实他们知道如莎士比亚的《十四行诗》是五音步抑扬格十字交叉韵的商籁体诗，汉语白话与之相差太远，只得如此。后人再摹仿学出，句式参差，一句一行，是谓新诗，于是乎称传统诗词为『旧诗』，其实，旧诗不旧，鲁迅、毛泽东、陈毅的诗词非常新颖、新鲜、时代现实感很是鲜活。

依传统诗词来创作，是颇不简单的事： 要有古典诗歌的修养，要熟悉历史，还要有一般诗歌创作的诗情、灵感。如穿着舞鞋跳芭蕾，在高悬的钢丝上翻筋斗，没有胆识和技巧，不熟练诗词规则不行，写传统诗词并不比写新诗容易。

我国老一辈科学家不但精通理工，而且也熟悉文史，写出传统诗词合辙押韵，这样的全才现在鲜矣！我辈中也还尚存个别这种文理皆通的人士，竺国良先生就是一位既懂科学，又懂诗词的人。不久前，他曾赠我大作《清啸集》一册。此书由上海三联书店出版，竖排本，古色古香，内收诗词 400 余首，大部分为二〇一二至二〇一六年上半年作品，后附少许以前诗歌。这次又拟出版《一园半厦集》，收诗词 400 余首，皆为二〇一六年下半年至二〇一七上半年作品。

读竺先生诗词，似入万花山中，美不暇收：或咏国内外山川美景，或畅抒怀抱，或赠答友人，或追忆往昔，或凭吊前人，或展望未来，都感到诗人才气横溢，尤其短短一二年、三五载，井喷式的爆发，涌泉出滚滚洪流，似满天焰火，流光溢彩，万花齐放，着实给人以艺术享受。从竺先生诗词，可以看到他的引典用事，有较深厚国学功底，依律、对仗、行韵，具纯属诗词修养。祝愿竺先生吟出更多更好的作品。

丁酉夏于雁塔校区

马家骏 河北清苑人，1929 年生，陕西师范大学教授、中国外国文学学会理事、全国外国文学教学研究会常务理事、陕西省外国文学学会名誉会长（原会长）、陕西省高等学校戏曲研究会名誉会长（原会长）、陕西省比较文学学会顾问、陕西诗词学会顾问、西安诗词学会顾问、陕西省毛泽东诗词研究会顾问。享受国务院特殊津贴专家。

著有《马家骏诗词选》、《马家骏序评集》、《马家骏序评二集》、《十九世纪俄罗斯文学》、《美学史的新阶段》、《诗歌探艺》、《文艺乱云》、主编有《世界文学史》（3 卷）、《世界文学名著选读》（5 卷）、名列《中国作家大辞典》、《中华诗人大辞典》、《中国社会科学学者大辞典》、剑桥《国际传记辞典》（英文第 27 版）、《陕西百年文艺经典》等 40 余种。

自序

自去年上海三联书店收我的《清啸集》诗稿以来，一年多光景，不想我又欲出《一园半厦集》了。集中收旧体诗词四百余首。这是我自己也未曾想到的。此可证我于传统诗词的深爱。清代著名诗人及诗论家袁枚说：『博通经史而不能为诗者，犹之有万堂大厦而无园榭之乐也；能吟诗而不博通经史者，犹之有园榭而无正屋高堂也。』余史胜于经且亦情钟于诗，曾有句『略爱经论甚爱诗』。故诗名曰清啸而自号一园半厦主人。

我观诗注重气、情、神。一诗有其一便算佳品，若兼有二便是精品，聚三而得之为千古神品。原以为这是我多年于诗的体会和总结，后来读到唐代殷璠的《河岳英灵集》序，里面论诗就道：神来、气来、情来！古人早已提出，我不过是与之暗合。太白诗有气而少情，如《蜀道难》《将近酒》《梦游天姥吟留别》诸篇；王维诗善神，如『君言不得意，归卧南山陲。但去莫复问，白云无尽时。』杜甫诗常气情神俱得，如『花近高楼伤客心，万方多难此登临』及《春望》《旅夜书怀》《登高》《秋兴八首》诸篇。

说到诗就会说到意境，我把意境理解成美的一种，它能为读者营造出想象或回味的空间。意境主要是由神产生。比如『行到水尽处，坐看云起时』有神产生了意境。岳飞的《满江红》充满气同时也有些情但似乎说不上意境。而『回看射雕处，千里暮云平』有气有神有意境。

著名唐诗专家叶嘉莹先生把好诗归结为『那种兴发感动的力量』，说得已经很好了。但我仍觉得略嫌不够，如姜少白的『淮南皓月冷千山，冥冥踏去无人管』似乎对人兴发不了感动，但它有神，出现了意境，就是出现了意象之境。它把读者立刻带到了大空间寂静无人的无边空旷冷清的境界，现代人还能有一种到了外星空的感觉。自然是好诗。贾岛的『松下问童子，言师采药去。只在此山中，云深不知处』。也不能说感动了什么，但最后一句有神也就给人营造出了虚幻飘缈的意境。同样杜甫的『映阶碧草自春色，隔叶黄鹂空好音』，其中『自』『空』有那么点微微感动的意思，但却构成了意境，你恍若到了那个春光绮丽却寂无人迹之境。杜写得有神。等到『三顾频烦天下计，两朝开济老臣心。出师未捷身先死，长使英雄泪沾巾』则太令人兴发感动了，句句感情深沉但不好说有了意境，不容易把人带入那个描写的境界。稼轩的『把阑干拍遍，无人会，登临意』。『倩何人，唤取红巾翠袖，抆英雄泪』。少气有情有神也兴发了感动。辛把你带入了孤独无奈的空怀壮志的境界，便产生了意境。

传统旧体诗最辉煌的时代已经离我们远去，但它作为中华文化最宝贵的遗产之一必将与我们这个民族一起永存。

基于对这一优秀传统文化遗产的爱护，我国著名文学研究专家，陕西师大文学院教授，原陕西外国文学学会会长、陕西诗词学会顾问、陕西毛泽东诗词研究会顾问马家骏老师，以八十八岁高龄为《一园半厦集》亲撰序言，眷顾激励之意使人感动而感奋！不知我何时能写出有情气神的诗作来。但我愿作传统旧体诗勤劳的传承人，一直努力下去。

《一园半厦集》延请中国书画艺术院副院长、清华美院书法高研班特聘教授段革书先生题写书名。又承蒙书法功底深厚的老友王培瀛、李洁两位先生书拙诗词于卷首； 内子王书欣亦书诗一首于后。在此深表谢忱。

西安音乐学院教授、长安古乐资深研究家、专家级传承人焦杰先生，特意为去年出版的《清啸集》中五首诗词谱曲。今亦置于卷后。此必将为本诗集增色而使词曲爱好者注目，真是不胜荣幸之至。

一园半厦主人

目录

七律

忆昨游灞渭桥

二零一六年五月一日

灞渭桥亭气势巍，同窗尽兴趁余晖。
未忘往昔怀春梦，已叹而今近古稀。
历异何妨机少殊，情同怎奈意多违。
徘徊云影交河处，且看广湄水鸟飞。

五律

游灞渭桥望汉水通渭

二零一六年五月一日

桥势讶峥嵘，长堤接渭城。
蒹葭摇溆浦，鹭鹚兴翔鸣。
水恨秦流瘦，民望汉济泓，
清波过岭日，人鸟共倾情。

五言律诗

秋赴塔什库尔干

二零一六年五月二日

越过葱岭西，地阔人烟稀。两嶂远相望，天边交欲合。
苍穹半色分，霞彩自山豁。邈碧血斑斑，近空明瑟瑟。
无垠尽草茸，到处摇花萼。划水窜浮游，唳声飞白鹤。
游栖著缟衣，呼吸通仙阁。塞外思提琴，耳旁闻绝乐。
旅行真兴高，赏景犹情怯。转念揖先人，边疆归故国。

七绝

咏临潼石榴

二零一六年五月二日

五月秦川尽惠风，骊山脚下帝城东。
百花吐艳争深浅，难得榴红似火红。

七律

游思

二零一六年五月五日

近来诗赋趵泉流，半自游踪半自愁。
两月居家空漫兴，一心行野破丝忧。
云山树水将看尽，海岛盐梅过思稠。
莫道风光能解释，龙钟梦里绕神州。

七绝

题豆豆两岁半

二零一六年五月五日

两岁半前粲笑星，如今哭闹费叮咛。
婉教应作好童稚，侧首居然不愿听。

七绝

端午屈原故里

二零一六年五月五日

前谒楚乡今吊魂，龙舟竞渡古风存。
两千年后今非是，叹息谁来造野村。

五律

南沙与精英

二零一六年五月七日

东西已会盟，大海正陈兵。
众口方喧嗷，群英忽噤声。
黜君崇上国，去使坏长城。
契友难通语，离忧往复潆。

五律

记旅

二零一六年五月七日

钓岛倭风紧，南沙美雨淫。
团员频款曲，国事不关心。
浅醉拼私计，佯狂发异音。
言终无客应，只得暗沉吟。

五言排律

赴汤峪根元新居小聚

二零一六年五月八日

岗侧筑新村，青砖老院门。磨盘充石桌，棚架待藤繁。丘掩白晖照，云堆雪马奔。殷勤招二友，庖厨仗三元。【一】兼味调蔬碟，盐椒炙鹿飧，客人分色酿，谀美论俗平。有意排喧事，何方钓史真。蓬山风正烈，汤泉水犹温。

【一】二友：我与一友造访。三元：安元、根元、六元三兄弟。

五律

山中黑河

二零一六年五月九日

盛暑避南山，黑河犹凛冽。
清流曲泻奔，绿树团摇曳。
羽翠间浏鸣，涧深时滚雪。
微灯闪彩幽，诸影无声灭。

五律

再访古玉兰

二零一六年五月九日

傥骆道森临，千年孤野木。
花开万盏灯，香溢一条谷。
冷僻昔观看，幽贞今记录。
重游黑河水，特地过山麓。

五绝

豆豆戏黑水山庄

二零一六年五月十日

豆豆偏亲水，掷石竟日专。
喷泉欢绕看，自语有喷泉。

七绝

寄建亮

二零一六年五月十一日

携旅云山诸岭低，隔溪重翠听黄鹂。
人生最是难逢处，晚伴流连有醉妻。

七律

致宝林兄

二零一六年五月十二日

沪上幽居老画师，韩君错爱远徵词。
随心闲赋溪山句，执意苦吟家国诗。
同寝既知能水墨，久违方叹善胭脂。
何期执手相逢日，余奉葛麻汝赐丝。

七绝

自嘲

二零一六年五月十二日

半索功名半率真，滞情无奈误红尘。
人生生趣未尝遍，转眼已成头白人。

五律

望乡

二零一六年五月十三日

乡关锦绣地，山水悦人心。
桃发比燃火，菊开胜烁金。
山青青似染，水碧碧如森。
四季佳颜色，心驰梦不禁。

七绝

致关民敏同学微信常发建筑美图

二零一六年五月十三日

解剖分明见檩楹，精密构筑势峥嵘。
时时能得看经典，图赏却劳紫水晶。

【注】关民敏微信名为紫水晶。

七律

再赴甘孜

二零一六年五月十三日

川西壮美再今征，傍柳依花又一程。
映日芦苇银闪烁，跨溪村寨锦堆成。
千年雪外闻经语，五色云端动藏旌。
俗念悄然俱滤失，莺啼犹自带天声。

五律

戏作

二零一六年五月十三日

黄河绕境流，大漠染深秋。辽阔起豪兴，苍凉惹暮愁。
飚车行府谷，漫步阅边楼。【一】何不邀京马，相期看石头。【二】

【一】边楼：榆林城内有街楼数座。

【二】京马：北京的同学马建国。石头：府谷同学石治国。绰号「小石头」。

七绝

看电视纪实片《铁在烧》

二零一六年五月十四日

出塞逐敌渤海东，中华自古几人同？
二十五史细评判，号角雄赳胜大风。

七律

惘

二零一六年五月十四日

孔明六出奈情何，屈子忧时积愤多。
浩劫何缘通佛殿，康桥不觉接南柯。
人因封锁气清直，国是解围色馁阿。
只道蜉蝣生短促，大计迷迷失错讹。

【注】浩劫作高台台阶解。

七绝

追缅

二零一六年五月十五日

万里腾骧跨雪鬃，弯弓碧海射蛟龙。
神州敢道皆藤草，兀兀东方一劲松。

七律

独行

二零一六年五月十五日

昔往长沙意怅惘，未曾异态竟风流。
能勾潜证分条缕，不向俗论低项头。
有始吹嘘羞尚记，无端诽谤恨强搜。
一腔愁愤谁会得，击节复吟多景楼。

五言律诗

寄八厂同仁

二零一六年五月十六日

少时识梦臻，浩荡渭河滨。折街闲犹古，梨花闹自春。
城中村俗重，厂里堡风淳。谁谓交情薄，我临致意频。
君因医擘后，友托长风邻。歧路各奔程，同筵纷叙陈。
关怀兴打趣，诙谐转相亲。忽忽流年过，何时邀故人。

五律

忆与老友胡平荐游陇南之阳坝小镇

二零一六年五月十七日

秦巴山脉合，阳坝小江南。崖壑绒绒绿，泉涧澹澹蓝。
山菇熊掌胜，雪颈越娃惭。追思几回梦，至今忆陇甘。

七言古风

忆前月观鄂西大峡谷实景剧《龙船调》

二零一六年五月十八日

突峰森兀夜云多，夜云带雨压山阿。
宿主催我观大剧，直道雨云空蹉跎。
徐徐乐起绕空响，四百土家演山歌。
往复婉转《龙船调》，『哥推小妹要过河』。
流光摇摇射阒夜，炫烂异彩满岗陀。
自古未有此光彩，山鬼神女诧若何？

刹时黢黑光收凝，呱呱坠地两处灯。
华灯土司生宝女，茅屋豆火得男婴。
及长赶圩无贵贱，男儿丽姝两相惊。
忘情一吻竟冒犯，女初怒愕复感情。
冥冥鸿濛有定数，山寨欢动庆贺声。
土司铁肠祭法典，女若有情男需坑。
神祇可负情难负，誓词否情女胆宏。
郎归驾艇闺楼望，择吉中原嫁女娘。
锣喧鼓鸣传喜气，官家十里送红装。
勇儿血性冲又起，夺得人妻走异方。
女誓天地犹记得，滚雷驰电鞭大荒。
万年烟火长歆享，人间谁敢欺上苍。

壁坼洪泄威神显，可怜贫儿死水旁。
又是痴女真情最，哀哀伏尸送温阳。
感天动地命回转，风停雷定起笙簧。
巫师服帖土司愧，人天铁律皆可攘。
今夜恩施摄心魂，文明真谛在野村。
刑典律条皆短暂，法网恢恢令人昏。
徘徊良久思今古，唯祈此调传子孙。
永恒命题毋断绝，情理情理长相存。

七绝二首

拟寄诤友

二零一六年五月十八日

其一

初逢永夜即论时，相左辞锋未了之。
四十年来看雨雪，华颜不改往年思。

其二

爆竹年关动夜尘，我逢冰雪尔逢春。
青衿最爱奇论友，已判如今左右人。

七绝

寄老友汉生

二零一六年五月十九日

雅论天下共诗文，摩诘篇中太乙闻。
寄语汉生溪水畔，晨昏为我望仙云。

七绝

寄王芸

二零一六年五月二十日

垂髫总仰绿云长，锦绣文章屡见彰。
渭钓年华才遇着，拙诗忝奉费思量。

甘青组诗十八首

二零一六年六月二十二日

七绝

景泰石林

俯看山势俱峥嵘，煞气森森伏甲兵。
荒草不生疑鬼域，大河潜走噤无声。

七绝

门源祁连油菜花海

漫野连天映灿黄，碧空羞裹白云裳。
祁连盛夏犹春色，扑面海西千里香。

七绝

祁连郊林

林蹊谁复计深浅，雨濛溪折即神仙。
更祈明日朝霞出，卓尔山看油菜田。

七绝

夏日观青海八一冰川

铅云涌动压晶城，浩气仓惶乱逸蒸。
大呼寒光射天白，浑如七月到南冰。

七律

登焉支山

针松密插遍焉支，剑戟如麻掩旆旗。
宛见嫖姚迂瀚海，尚思王子缚丹墀。
停云霭霭雾沉谷，暮雨霏霏珠挂枝。
强汉河西置四郡，泣声阏氏少胭脂。

七律

张掖黑河湿地

黑水潜行千里碛，蒹葭绿染万顷田。
时闻燕雀相鸣答，偶见凫鸥自戏翩。
苇影屏蹊车阻滞，草香沁腑客流连。
若非望见祁连雪，直作西溪放钓船。

七绝

张掖丹霞

惊看丘壑敷颜色，五彩水纹随笔着。
最是溶岩似海涛，凝传白垩时磅礴。

七绝

武威城楼

汉魂卓绝思张骞，大漠迂回霍控弦。
爽飒西风今仰望，武威城阙压长安。

七绝

武威罗什寺

只为佛陀信达经，半兵半礼请罗什。【一】
龟兹无奈铁秦骑，剑火译宗两相揖。

【一】鸠摩罗什。

七绝

武威白塔寺

肃穆塔林耀眼白，会盟元藏誓言真。
金瓯非此缺一块，渡过金沙成外宾。

五律二首

天堂镇寺

其一

海北日明光，通江水绿黄。询人探美景，不意到天堂。
镇首重临寺，田埂尽溢芗。集资非政府，庙卷值萧墙。

其二

灼日耀空明，平江激岸声。高原无树荫，旷道少人行。
碧落孤鹰远，金甍彩寺旌。全民皆礼佛，积粟尽情倾。

七绝

刘家峡

壅成峡海海溟泓，夏水浊黄黄水清。
沽得飞艇艇电掣，炳灵石窟窟幽明。

七绝

年宝玉则

直插青冥峻岭奇，冰川高挂学云姿。
童僧戏逗群鱼乐，惹得野花迎日熙。

七绝

由迭部往宕昌道中

危峡急滩草木深，湍流激麓似龙吟。
停车每呼行三里，坐爱江皋秀树阴。

七绝

扎尕那

不定天光绿浅深，崇岭美丘偎抱襟。
探问林风山道里，步移景换赏晴阴。

七律

宕昌官鹅沟

岭上行云雪车马，林间隐鸟好笙弦。
溪流静若平湖锦，岩理狂如乱浪湍。
泠爽风从危峡出，长纤瀑自绝崖悬。
黎明选取凝风处，摄得水光留彩笺。

五律

官鹅沟夜宿

山月夜今明，朗辉分外清。
庭花霜染白，苇影水侵横。
浅壑溶颜遁，深流阻咽声。
无眠从徒倚，顿悟短人生。

七绝

读李尔重老悼女诗兼缅怀尔老

二零一六年六月二十三日

只为道义压双肩，不是无情对晓丹。【一】
苍柏凛霜怀尔老，一行读罢一潸然。

【一】晓丹，尔重爱女也。曾向父提些微要求，遭父严拒。后因不堪世风欺凌而绝生。悲夫！

五律

忆昔

二零一六年六月二十四日

红日坠西陲，独悲人莫知。
余晖收尚暖，穷道哭斯岐。
杓斗黑云蔽，启明沉雾迟。
智欺愚懵懂，寡教众修辞。

七律

谢培瀛书赐集名兼致意

二零一六年六月二十四日

礼延文默册题名，唯坐先生拥典城。
导气南山引清啸，抚弦徽韵和燕京。
书琴兼得岂因果，『史』『集』涵收是性灵。
片纸吟成诗几首，即传微信听嘤鸣。

五律

偶成

二零一六年六月二十七日

破落行为贱，前朝子孽狂。
偷金喜嗟食，媚美学娼娘。
动地诸星落，凋寒百草伤。
回首台阁上，僚贾正春阳。

五律

偶成

二零一六年六月二十八日

未立即蒙恩，见招赴帝阍。
温醅聊阮懒，啸竹寄嵇魂。
北雁留边影，南云思月痕。
平平衰野老，起舞夜闻鹍。

五律

咏怀

二零一六年六月二十八日

青衿藐北辰，板荡历风尘。
汲学专攻籍，存仁不爱身。
乾坤书生意，山水故园亲。
不让流风议，垂纶耿介人。

七律

赋兄

二零一六年六月二十九日

水寒阴湿绝胜冰，薄履挑柴踏陌塍。
未及成年怜弟妹，谁知长大博邻朋。
常存儿谊苦难泯，犹记无端恨不能。
便是文豪生反目，一开棠棣断香曾？

五律

昔今诸公

二零一六年六月三十日

非我举鞭除，即商蔑德祛。
当年极偏激，今日概空虚。
但觉言辞厉，可怜学理疏。
造神复诋毁，世事过云车。

五律

无题

二零一六年六月三十日

行思复行思，难为异道谋。
鹍鹈纷诼谤，鹤凤相舞讴。
贾宦趋同体，黑红归一流。
风云长呼唤，萧杀野原秋。

秋兴五首

七律

送吴前大使建民

二零一六年七月六日

长怀巨眼辨苍黄，几嗟无书坏纪纲。
润础皆知霪雨至，末萍谁料朔风狂。
论时诸友多偏右，射策群英俱误邦。
镇日吹嘘主旋律，未终母舰迫南洋。

七律

忆昔年游春晓园寻梅

二零一六年七月七日

愁绪绵绵老步辛，飘飘大雪洗风尘。
谢园独遗望青意，慰我踽行探寂身。
苦觅梅花终不得，细看坼甲尽知春。
虽无幽袅暗香动，铁炼精神劲斡真。

七律

感悟

二零一六年七月八日

造山起伏海扬尘，亦有英雄不帝秦。
检点长征奔命际，思量决战赴东邻。
誓词祖逖中流揖，嘱祭放翁将死身。
不信南朝终事半，都成饮恨渡江人。

七律

心事

北出巍巍安远门，五陵汉塚气雄浑。
景临云旆儿时事，暮拥簇林塬上村。
极塞萧疏哀雁影，无边悲壮困诗魂。
伤心浩荡涛声远，一束悠悠渭水痕。

七律

怀导师

二零一六年七月九日

遥接云蒸大泽东，倒看青简论虫龙。
雷霆战场贯擒敌，绮丽桃园苦植松。
公德历来存大众，私恩曾未许从雄。
千年江海千年业，不尽潮声不尽风。

七绝

油菜花田里的摄影爱好者

二零一六年七月十日

纷纷摄影入芳菲，无尽黄花接翠微。
喝出忘情田里客，浑身沾粉似蜂归。

七绝

俗变

二零一六年七月十日

昔见槐巷游素女，今闻金屋贮严妆。
玉神花样今安在？万种风情入市场。

七律

呈文默兄

二零一六年七月十日

遥谢飞毫题秩集，累君长夏屡操琴。
偶逢高友通文化，久慕仁兄宅道心。
不碍同门存异见，何妨共好结兰襟。
画师无意传讹语，化雨春风满杏林。

七律

读戚公回忆录

二零一六年七月十一日

齐士鲁连不帝秦，遗风未绝仰纶巾。
但凭正气照肝胆，不怨铁窗尝苦辛。
解说风云抽细缕，留存史实拂飞尘。
声名何逊八司马，绝笔依然拱北辰。

七绝

项羽

二零一六年七月十一日

慷慨千秋司马心，大风未必压虞吟。
孤舟若得江东渡，悲壮响遗不到今。

七绝

咏菊

二零一六年七月十一日

腻粉浓香亦可夸，精神品类属陶家。
侵霜九畹开寒节，舒展最怜白菊花。

七绝四首

苏格兰天空岛

二零一六年七月十八日

其一

风定云停草木凝，水寒泉涩洗心冰。
团光映海晕苍日，岸壁栖鸥波不兴。

其二

层层云暗冻低垂，海阔无风浪自吹。
沉立方岩黢湿裸，精堂白屋在芳陂。

其三

铅暗沉云压海平，海波平缓诉轻声。
寂空嘹呖过飞雁，芳草无情漫岗陵。

其四

云气融山山化云，日藏浓霭霭纭纷。
白光兀自天罅出。粼动海湾乌鲤纹。

七绝

纪念

二零一六年八月九日

日月绝双冥运奇，秋收霹雳奋红旗。
卅九年来重抖擞，临终犹占最高时。

七绝

蜀癸

二零一六年八月九日

夹道连绵夏柳风，丘山尽染绿俱同。
过村十里迎宾笑，串放齐肩几样红。

七绝

英国归来

二零一六年八月十日

滃溶明暗岛云急，日日欣看海气集。
风色爽清彻肺心，英伦差比月宫湿。

七绝

秋

二零一六年八月十日

触动凉秋又一春，年光暗叹落红尘。
薄金能作优哉度，谁解无端孤愤人。

七绝 用新韵

惜

二零一六年八月十一日

了无芥蒂四十春，尚念帝城同落沦。

何必不合为片语，便成千里陌生人。

七绝

叹

二零一六年八月十一日

汉秦拔士非科考，千载状元几千臣？
陈竺万纲常委在，如何菲薄选推人。

七绝

叹六村堡斫桃林

二零一六年八月十二日

渭滨岁岁映朝霞，十里春风抚灼花。
闻道鲜桃跌无价，赏红三月到谁家？

五律

中秋

二零一六年八月十四日

日日待中秋，中秋景惨愁。星光隐象限，月迹入冥幽。
步探武陵道，篪吹橘子头。青衣飧绝圣，白发恋神州。
蜀灭犹啼血，狐亡必首丘。吞声伤二纪，潜意愤千仇。
常想英雄血，回看多景楼。古人崇气理，我最重平酬。

五言排律

致世弟王宏

二零一六年八月十八日

昔日交同事，专心建构图。诙谐交末契，活络解疲纾。

别后趋西部，逢重吹悦竽。忽然不知处，遽尔向云隅。

访道修禅观，潜心补殿庑。川陲修果德，藏寺敬绸符。

穆穆参盛会，怡怡炊饼厨。讯传邀节礼，馈受上佳酥。

百忙专车递，一情交友濡。匆匆未数语，急急赴名湖。

相语中秋夜，饰宫泛画舻。人生寡丰采，世弟直堪模。

陕晋游兼访故人五首

二零一六年九月六日

七绝

府谷访石治国同学

塞北边城会石头，【一】主人款客意殷酬。
微醺回顾青春日，停箸趣谈兴未休。

【一】治国在大学时，绰号『小石头』。

七绝

普救寺题张生

西厢一龅动倾城，累世青衿慕此生。
莫斥逾墙琴挑者，传情锦柬怪莺莺。

七律

游通天峡忆抗战

山势雄沉峡细深，铁围铜壁矗千寻。
人登绝巘通灵气，水割群峰瞰绿森。
巧击倭奴仗游击，运算窑洞偃雄心。
当年谁解论持久？我发萧骚老士吟。

七绝 押新韵

贪嘴

几月晚餐斟小杯，专心罢宴欲祛肥。
同窗六日行秦晋，悔看归来腹起堆。

七绝

游普救寺

听琴难禁漾春波，待月风情一病何。
不是红娘能作筏，游魂怨女遗悲歌。

七律

访仁义同学家乡

二零一六年九月六日

访古寻山游陕晋，近村难抑久情襟。
乡音绵软呼民敏，长子归宁慰母心。【一】
玉黍圈围报丰穑，瓜藤庭院趁凉阴。
美飧最是肠羹味，小酌余香忆至今。

【一】仁义、民敏夫妇均系我在冶金建筑学院时同学，此番天龙驾车四人共游秦晋，仁义顺路省亲。

七绝

叙怀

二零一六年九月九日

襟抱未开听野埙，何曾愧怍出蓬门。
休嗔常系国家事，总是诗魂与雪魂。

七绝

重九日

二零一六年九月九日

重九霏霏塞雨云，不能登堞寄情殷。
弟兄俱已知天命，惜把茱萸细插分。

七绝

读陶、鲍诗选

二零一六年九月十二日

南朝旷达趣闻多，名士风流拟挽歌。
殷嘱女儿身后事，身灰九寨托山阿。

七绝

经义

二零一六年九月十二日

佛祖拈花笑解经，轻传奥理启生灵。
须弥可以存微芥，点破冥朦见斗星。

七绝

府谷黄河滩

二零一六年九月十三日

九秋遐谷暮踏沙，意绪苍凉探菊花。
谁道晚红看已尽，黄河落日一片霞。

五律

王忠新文读后

二零一六年九月十六日

梦驾六龙驰，垂鞭散乱丝。
胸中生义火，笔下苦寒诗。
诸右扼陉疾，同心叹步迟。
切望回野暖，叶落起凉飔。

五律

登鹳雀楼

二零一六年九月十六日

苍茫沉四野，拾级最高楼。
草木随风偃，河山入霭幽。
昔穷千里目，今积百年忧。
敕令飞簾【一】动，会看沧海流。

【一】飞簾，风神。

七绝

致毓琦友

二零一六年九月十八日

君谊常思比雪梅，春临羞对赠豪杯。
心波晚好平如镜，谢勿明春载酒来。

七绝

忆少年时登四明山挑粮

二零一六年九月十八日

磴道陡崎过短亭，雨微石冷义泉清。【一】云收雪窦修篁里，【二】山色放明响磬声。

【一】石冷：盖亭系石筑成，而石座冷人。义泉：昔日山道穿亭而过，亭中有石槽，贮修德人担来泉水供行人饮用。

【二】雪窦：即浙东四明山之古刹雪窦寺。

七绝

游大唐芙蓉园

二零一六年九月十九日

菊趁秋光总胜春，曲江池柳更无尘。
赏花须得兼闲俭，都是步迟免票人。【一】

【一】老人六十五岁以上免票进园。

七绝

诗

二零一六年九月二十二日

萧条举目万事空，出入难分俚俗同。
晚节幸犹存正义，惟留豪气杂诗中。

七绝

秋雨

二零一六年九月二十二日

原拟趁晴赏菊期，白黄绿紫吐芳丝。
绸缪一夜阴云重，换取无霾雨冷时。

七绝

情说

二零一六年九月二十二日

早岁风情不敢说，老来尽说未颜酡。
天然物性皆宜理，强阻入歧疯入魔。

七绝

忆少年

二零一六年九月二十二日

只恐秦音惹众奇，高声『报告』我难之。
山前但见学童过，便是推言逃课时。

七绝

致耆友

二零一六年九月二十三日

求索少年喜聚逢，暮年时论各西东。
何如尽放疏狂气，凛凛横秋满室风。

七绝二首

小五台

二零一六年九月二十三日

其一

疏绿春微小五台，绕村闲看杏花开。
蝶蜂尚畏轻寒日，双燕斜风带雨来。

其二

半似怏怏半似嗟，隔篱村妇指闲娃。
而今白手起宏厦，道是曾恩豪富家。

七绝

心情

二零一六年九月二十三日

洪波涌起俱蒙蒙，日落我知起凄风。
遍野曾观烽堠火，如今只得看丹枫。

七绝

秋

二零一六年九月二十三日

悲凉怎奈叶飘时，一夜霏霏落散丝。
薄暮无聊依榻卧，冷清时节读清诗。

七绝

寄培瀛兄

二零一六年九月二十四日

难得契朋见澹翁，诗情逸翰菊篱风。
人人浑说十年史，共与文兄解一通。

七绝

自况

二零一六年九月二十四日

空望社稷泪留笺，诗赋终生系命然。
余与杜公同一概，青衫未满着三年。

七绝

纪念长征文艺演出

二零一六年九月二十四日

圣诞苍生犹记着，官声一划噤生辰。
幸而最上关民意，追共长征八十春。

七绝

观十一届中国艺术节越剧『二泉映月』

二零一六年九月二十四日

辱凌尝遍人生冷，温藉曲魂入二泉。
水似深情摇梦月，万种凄凉付澹然。

七绝

类嘲

二零一六年九月二十五日

涌潮激起弄潮儿，跛扈驱遗假圣辞。
末路萧条犹记恨，却忘挞黑叶黄时。

七绝

类讽

二零一六年九月二十五日

沽名早不计龙虫，混迹五湖钱眼通。
于此长袍换佩剑，尽将父业付秋风。

七绝

忆川甘道中

二零一六年九月二十五日

沟曲草深路蜿蜒，行过迭部即神仙。
快活十里桃花谷，心逐长云一浩然。

七绝

叹

二零一六年九月二十六日

秭人欢呼动京都，万面旗倾谁再扶。
只有当年未呼者，陶潜梦里觅鹧鸪。

七绝

自笑

二零一六年九月二十六日

春风惹得闲居来，今日芳菲一并开。
只怨花丛少回顾，牡丹芍药乱分猜。

七绝

婺源

二零一六年九月二十六日

近景朦胧远景昏，玉钩初挂正销魂。
悠牛归晚过悬度，【一】绝美溪烟绕水村。

【一】索桥也。

七绝

长安蜗秋

二零一六年九月二十六日

深寒竟自玉关来，凄景萧萧户未开。
楼压黯云飘冻雨，几时红杏探春回。

七绝

晚斟

二零一六年九月二十七日

放眼周遭少绿痕，长安镇日俱黄昏。
袭来夜气寒难禁，浅酌当求体可温。

七绝

蜗居

二零一六年九月二十七日

冬来夏去两由之，学界怕听趋奉辞。
但恨暮年心未死，蜗居闲读陆游诗。

七绝

读放翁诗

二零一六年九月二十八日

偃蹇青春奇志在，一生落拓逸情存。
最羡南郑围秋狩，细雨骑驴入剑门。

七绝

临行

二零一六年九月二十八日

不是曲江游兴颓，气虚血滞怎徘徊。
为逃霾晦阴寒日，明起锡兰走一回。【一】

【一】锡兰，即斯里兰卡。

七律

斯里兰卡之狮子岩

二零一六年十月二日

无穷绿野莽葱茏，大气云光隐细城。
岩壁彩图看曼女，水园漫诉夺宫情。
南洋岛国宏浑势，佛陀小乘悠久名。
四望天际青未了，沉云压地起雷声。

七绝

观本托塔海钓

二零一六年十月五日

无尽碧波滚雪来，排空一线落潮回。
涛声叠浪几孤木，鸟栖佯钓夕阳颓。

七绝

昨天国麟君发来民族管弦乐

二零一六年十月十日

诗词擅场咏情深，胜过画图写意心。
今日始闻天上乐，笔毫未抵水云音。

七绝

冬日霾起

二零一六年十月十二日

最恋方城苍古色，徜徉书院鉴书墨。
一年三季此勾留，寒令长安居不得。

七绝

斯里兰卡行

二零一六年十月十二日

云端万里避寒尘，加勒康提处处春。
更遇黧容兰卡女，吐兰悦耳语舒温。

七绝

宿本托塔酒店

二零一六年十月十二日

曲折寻室甚费劳，阻道标文逗复淘。【一】
园庭交错后濒海，偏是此洋风浪高。

【一】斯里兰卡文字形若漫画式小动物，淘气且逗人。

七绝

斯里兰卡

二零一六年十月十二日

孤岛茫茫大海中，忽晴忽雨忽长风。
忽听几度遭劫难，一脉丛林[一]夏印通。

【一】丛林，佛寺，此指释教。

七绝

斯国品茶

二零一六年十月十三日

红茶远自大清来，啜露侵云漫野栽。
旅者虽居鸿渐【一】处，茗分浓淡未停杯。

【一】鸿渐，茶圣，陆羽字鸿渐。

七绝二首

咏菊

二零一六年十月十三日

其一

幽贞赋自陶元亮，香阵冲天王霸【一】唱。
狂狷精神我与偕，寒花月下最奔放。

【一】王霸，黄巢的年号。

其二

傲脱规矩此一家，侵霜弃媚向天涯。
众芳谁问真君子，独占自由秋晚花。

七绝

九寨

二零一六年十月十四日

溶雪轻蓝忽重蓝，晶珠跳入晚霞潭。
人言九寨秋光好，红叶转黄看水湛。

七绝

微信读朱清时谈量子力学

二零一六年十月十四日

量子纠缠乾倒坤，人亡解说尚存魂。
宁抛唯物一生论，科学从今印佛门？

七绝

读杜诗

二零一六年十月十四日

不叹今生跌宕身，潮生潮落系风尘。
书房信手观篇什，翻着杜诗总觉亲。

七绝

闻张连生谢世

二零一六年十月十六日

拨旗南海纵商河，谁料捷飙竟溺波。
一种酸哀传众友，便知情谊较人多。

七律 宽韵

悼连生并致故人

二零一六年十月十八日

废庙秋逢渭水滨，管弦协奏动梁尘。
梨园岂困逍遥子，商海定驰爽朗君。
劫数荒唐陷囹圄，机缘曲折获麒麟。【一】
小儿造化苦相虐，【二】怅忆青春少一人。

【一】麒麟，祥瑞。

【二】唐杜审言临终告宋之问：甚为造化小儿相苦。

七绝

往事

二零一六年十月十八日

广告风云树大旗，张生海内纳英姿。
迟驽不敢轻见召，难忘董王相顾时。

七律

量子叠加说有感

二零一六年十月十九日

起舞重霄泪有痕，越魂旐引吊湘魂。
乾坤倾诉痛心肺，今古连绵记怨恩。
薤露初闻泣飞雨，箫韶未听失灵根。
叠加闻道解遗憾，窅洞依然系故园。

七律

吊连生

二零一六年十月二十二日

终生定不负兰襟，斜倚衡门最喜斟。
光彩或看兰玉暖，友情堪探秋水深。
乘风折道因风乱，拼酒厌时任酒淫。
那管病身偏踏浪，余非契友亦伤心。

七律

愁眠

二零一六年十月二十二日

浸弥夜气正愁眠，梦醒星微忽怅然。
喷薄东君才一瞬，挂飞云锦已盈天。
无端烦恼直如铁，有始希望徒似烟。
百结回肠生或灭，故情复起度年年。

七律　宽韵

景与归

二零一六年十月二十三日小雪

居脱俗平不恋钱，遍行天下好云烟。
景看微醉亦倾倒，兴发感情由可怜。
情近右丞耽澹静，习亲彭泽爱丘山。
高林逆射晨光影，即令魂归乐自然。

七绝

初雪

二零一六年十月二十三日

纷纷覆地更迷天，姮魄自羞掩宝蟾。
玉树琼楼银世界，江山万里冷光间。

七律

连日关中及冀晋雾霾昨喜寒潮北来大雪飘至有句

二零一六年十月二十三日

阴霾日日锁秦城，郁结心情谢远征。
潮重充弥寒莫禁，雪轻缓落旋无声。
尘埃尚惧依然暗，宇宙今看分外明。
一扫灵台藏混浊，澄明气象太行横。

七律

追怀晚望

二零一六年十月二十九日

风骚引领为苍生，经史证明只独行。
横挑强胡谁敌手？纵论霸主我争名。
角笳落照孤鹏泪，帷幄长城万古兵。
举目萧萧存古垒，登高每每望长庚。

七律

霾日

二零一六年十月二十九日

又是阴霾笼大荒，搜肠索句对昏窗。
菊花仍作晚云紫，桐叶已成锈铁黄。
但恨餐香伤进补，任凭诗兴趁凄凉。
北风不改江南绿，心缕迢遥系故乡。

七律

宴聚

午时邀建桥、培瀛、王方三位于淮扬府聚。培瀛为我诗集题名。建桥曾为省地方志总编撰。王方与建桥不日将赴海南过冬。

二零一六年十一月一日

聚少幸缘微信频，闻将南海避寒尘。
刊诗敢请集诗笔，搜史可为南史邻？
相视忻怡言益健，随情嗟讶数归人。
今朝乘兴醉淮宴，毋思生年少一春。

七绝

执

二零一六年十一月八日

百年陈迹已成灰，后辈谁曾听隐雷。
四十年来情未改，斑毛催落意何颓。

七绝

彭玉麟

二零一六年十一月八日

晚清唯一胜夷狂，水督亦能飞鞚缰。
不独轻官痴情更，感动梅魂是彭郎。

七律

吊卡斯特罗

二零一六年十一月九日

英爽老卡旧忆中，天涯独矗一雄峰。
身遭凶险近千杀，医济国人比寿松。
平等何曾惧封锁，自由必可应从容。
憾惟未解我师意，依旧仰怀醒世钟。

七绝二首

读叶嘉莹卷

二零一六年十一月十日

其一

贤淑隐忍任夫行，独负草庐求计生。
何处诗心寻惠质，式妻当择叶嘉莹。

其二

怀乡去国老青春，一任西风不染尘。
憾信雌黄莫轻责，清澄表里女诗人。

南乡子

无眠

二零一六年十一月十三日

曾早负衣冠，几多消磨了夙缘。碌碌全非前世愿，悠闲，自笑青山绿水间。　醉眼看花繁，一阵飘零暮色寒。渐月光轻霜满院，愁眠，检点湘魂起寒烟。

七言

念

二零一六年十一月十三日

华亭独自尽余杯，腐苇败荷鹤不归。
行滞寒塘棘勾衣，小园寂寞苦索梅。
今我危立泰山上，曾睹波涛自东来。
玉珠宝贝遍滩涂，百寻千觅不知徂。
潮退伤心向何处？满天霞绮散渐无。
斑马长嘶曾相顾，神龙骄凤声杳孤。

蚊蝇成阵遮天昏，涂抹血污不成文。
指甲速长发益白，衰颜朽骨撑精魂。
当时不哭今日哭，意绪深远见幽尊。
飞隼行看折翅落，游螭惜叹退化鳞。
六合谁能通耳语，愁肠绕结成孤旅。
英年精进尽成灰，海内何方觅仙侣。
只得托思好梦里，楚溺山鬼舞袖举。
持兰把琼奏清商，今古心会共相许。
倏忽云豹窜未识，赤县鼓钟驰六骏。
无奈四野久臭腥，偃旗只得遗响尽。
长啸草莽起雷呼，俊彩纷纷导先路。
回风飒飒驱尘霾，草魄泣露沐朝雨。

殷望世上未有春，尧封何时举独步。
不想知微先自矜，止息犹乐吟梁父。

七绝

寄芸荪同学

二零一六年十一月十六日

任凭啸傲荡舟移，缆泊无心挽柳丝。
柳上黄莺惊惹起，能容淡静再游时？

七律

观永济黄河铁牛

二零一六年十一月十八日

今岁与同窗数人于永济(唐时属河中府)观出土黄河铁牛。铁牛，唐时造铁索桥之定索之墩。旁有铸铁武士，盖胡人也。惜对岸陕界对称之牛、武士诸物均湮没于黄河滩泥沙之下。寻之未得，睹物思吾民之风而作。

惋见遗风尚覆颠，河中出土岂茫然。
神牛隔岸觌牛斗，悬索横河入野烟。
铁范方知唐壮丽，胡风可解汉飞骞。
于今两胜皆无有，浩叹泥沙一例湮。

七律

自判

二零一六年十一月二十七日

高古操行类竹篁，才情或可伴鸾行。
持公顺判纠缠事，平准善分内外方。
恋栈原能留县处，左迁岂可失清狂。
懒同俗吏多周转，腾出淖污气益昂。

七绝

平安夜

二零一六年十一月二十七日

圣诞人堆拥鼓楼，新潮接踵作闲游。
中华圣诞比邻日，只有深情热网流。

七律 宽韵

平安夜

二零一六年十一月二十七日

云霭耶苏喜望尘，东方昨晚闹青春。
苍槐照旧梦犹酣，战国如今势正分。
竖子安知依北斗，萍风潜起假南巡。
累年讽和连篇牍，海内无人不帝秦。

七绝

那年心境

二零一六年十一月二十八日

偎依古渡送微阳，肤玉丝青沁异香。
岁月无望空激语，销魂片刻复焦怅。

七绝

我与妻

二零一六年十二月三日

荦确畸行一卷痴，不谙亲故世知迟。
谢妻温婉何曾恼，潜折春泉泮冻池。

七绝四首

二零一六年十二月四日

望

角笳连塞起关东，衰朽曾经大浪中。
不似苏卿游六国，忍将豪志付西风。

惘

人心大抵即贪私，号角初吹恐富迟。
仁德四维俱不顾，存亡明日有谁知。

沦

圣哲英雄向往之，穷劳黄卷付英儿。
糊涂一世今回顾，未解风情半解诗。

忧

看惯流云聚散之，惟忧解体事知迟。
杞人宁识高人论，强说兴亡盛世时。

七绝

赏画

二零一六年十二月四日

莫道朔方生气无，纷纷画馆香尘逐。
早嫌国色太雍容，宜取梅花生劲骨。

七绝

寄远游之子

二零一六年十二月五日

豪情遄发赋豪游，快意云端快意秋。
结伴四人共偕老，余生犹得似闲鸥。

七绝

赏友发来微信美景

二零一六年十二月六日

翠峰处处放桃红，上下断崖悬瀑中。
高鹞斜飞睇仙阁，绝胜景影醉江风。

七绝

冬日徜徉昆明大观河畔

二零一六年十二月十四日

昆明秀色识无涯，何处巷深不逐花。
一道清流携春树，海鸥伴我赏流霞。

七绝

今冬南下滇南所见

二零一六年十二月二十日

北客纷纷似雁征，朔霾逸出听芦笙。
春光骀荡充江野，占尽西双十二城。

七律

冬日观景洪曼听篝火晚会

二零一六年十二月二十一日

未闻版纳识寒冰，盛会得观临曼听。
龙首引牵多族舞，烛光漂泊几千灯。
水轮雾弥侵初月，篝火熠腾接远星。
夜气销融人尽欢，纷纷北客散华庭。

【注】曼听，傣语。『村寨的庭园』。龙首以下三句：演出毕，人举巨龙龙首导数千观众手举烛火水灯往湖边，置灯水上。水中有转动彩轮喷雾。

七律

赠八厂故人

二零一六年十二月二十三日

惟差半步即精英，落魄江湖意气平。
时断时牵回旧味，半忻半怨说秦城。
显前歧路常依伴，翻上高枝不念情。
陈涉为王沉楚殿，终非霸器折前盟。

七律

谒太史祠

二零一六年十二月二十四日

河带苍茫太华虚，古风老柏掩荒除。
雄深笔扫湮宫耻，慷慨气冲到史书。
堪比千年兴亡赋，犹胜万本治安疏。
高山仰止今长揖，公若云龙我若鱼。

七律

读旅行者发来一文有感

二零一六年十二月二十三日

三十年来是与非，任凭贾客点宫闱。
西流诋毁中华魄，两色涂污国父威。
每叹元元沦命噩，空嗟碌碌喜肠肥。
内忧外患何人识，万里秋风一雁归。

七绝

闲作

二零一六年十二月二十三日

倚老何期待月圆，不妨思虑置身前。
晚风只携西山雨，万顷无非润一田。

七绝

闲作

二零一六年十二月二十三日

经历风云天眼开，尽燃蜡炬不成灰。
拟将身后生前事，细与阎罗辩一回。

七律

居版纳忆三十年前因出差榆林致迟君

二零一六年十二月二十三日

曾登古垒望黄沙，【一】气象雄沉落日斜。
芝圃几寻上下巷，【二】榆林遍睹万千家。
仰观大幕悬星月，遥想边城起角笳。
每忆与君陕北行，心思悲壮入荒遐。

【一】古垒：长城之镇北台。

【二】榆林城内的芝圃上下巷。迟利群同学高君在上巷。曾造访。

七律

谒司马迁祠

二零一六年十二月二十八日

孤岗昂昂藐大川，何妨怨上位先贤。
楚骚濡润史家笔，虔步损磨阶石缘。
只道篇遗置名谷，不知蓬断是何年。
崇情掬泪诣慷慨，万古长风万古传。

七律

景洪大年夜

二零一六年十二月三十日

南行只拟趁闲游，今到景洪却犯愁。
值节酒家人打烊，逐时逆旅价飚优。
烟花四射羞杓斗，霓彩乱流惭月勾。
如此煊腾年半夜，傣城亦作不眠州。

贺新郎

赠旧友诸君

二零一六年十二月二十四日

塞断通天路，叹今朝，一时豪杰，尽成新妇。都道是西规堪效，谁计神州裂土？笑庙算如许。偶与此流相较。辄行云流水花庭舞，慎思虑，劝君住。

多为旗下多为虏，频弯弓、拈羽皆射，尧封神主。更骂倒英雄数，阡陌横行狐兔。算几个腾龙骧虎。奢醉淫风吹田野，怎管他，长计轻如缕。问祖业，守能否？

七绝

致朱荣炳大校发来神游图

二零一六年十二月二十八日

纵横天下一摩骑，铁骨神游诸岭低。
县圃苍梧俱踏遍，闻君已到落霞西。

七绝

再致大校

二零一六年十二月二十八日

自诩遨游秉祖风，八方已入笔囊中。
一从闻道朱大校，几欲行踪逐塞鸿。

七绝

寄寓云南西双版纳

二零一六年十二月二十八日

邈邈澜沧泛碧波，九洲此处洁云多。
隆冬汉地寒侵骨，南诏春深听傣歌。

七绝

南下冬居西双版纳

二零一六年十二月二十九日

几重远翠绕青流，木挺萝绕棕榈幽。
此是云南好去处，柳黄菊谢再栖游。

七绝

生平一析

二零一六年十二月二十九日

雅风耻与平俗争，鸩羽蚤芒相共行。
便作趺跏悄吮血，伐心教贼梦频惊。

七绝

新春致建工7306同学诸君

二零一七年元月一日

地北天南颐养人，但将微信贺新春。
一生俱历风雨日，珍重晚年情意真。

七绝

答汉生贺余诗集刊行

二零一七年元月一日

刊卷诗平亦自珍，蒙君赐句意真醇。
才情岂敢望屈杜，只作违时清啸人。

附汉生七绝诗《贺国良诗集出版》

二零一六年十二月十日

文史博通世事明，悯怀天下寄诗情。
才思涌起江河水，拍岸传来清啸声。

七律

闲作

今冬我居西双版纳，与冶金建筑学院同学互通微信。得知治国、小虎爱孙活泼；仁义民敏夫妇仍居宝鸡而秀梅移居杭州；得见宝林水墨大作；林林遍赠宜兴紫砂壶。然皆近七旬矣，一言半句勾起往事，回味无穷也。

二零一七年元月一日

蕉荫傣园日日开（余），笑闻同学悦孙孩（小虎、治国）。
散关盘马仍飘雪（仁义、民敏），灵隐听钟已放梅（秀梅）。
赏画重惊山水卷（宝林），执壶细品茗烟怀（林林）。
何堪春晚过喧闹，往事微辞百味回（众人）。

七律

丁酉春节寄汤峪雁长许君

二零一七年元月一日

幽居汤峪一闲翁，犹未束冠柳巷逢。
述志宛如凌碧海，雅谈直似坐春风。
风停愿景论何异？云起学潮意概同。
冰释心魔借般若，飘飘兴会看冥鸿。

五绝

遥思

二零一七年元月三日

余居景洪

晓起观霞蔚，晚风摇众卉。
长安细月同，为问春回未？

七律

观西盟龙潭公园佤族歌舞

二零一七年元月六日

惊落星辰剩月痕，鼓擂山呼动天门。
舞娥甩发平波涌，壮士齐声大浪奔。
敢道容黧非佤妹，方知目秀即婵媛。
深林靡阻存仁义，傣族曾蒙解难婚。【二】

【一】傣族曾遭缅邦攻击，傣王子率部族流落至佤邦。

佤族以女妻王子，解傣人之难，至今傣人感怀。

七律

观西盟勐梭龙潭湖日出

二零一七年元月八日

佤城丽谧绿浓阴，更接龙潭一面襟。
水栈迷朦晨雾合，丘山隐显宿烟侵。
残荷十亩影浅泽，高苇四畦遮隰浔。
旭日东方喷薄出，赤光天际满湖金。

七绝

赋澜沧

二零一七年元月十日

佤人奔放傣柔歌，基诺寨风胜几何？
莫诧澜沧蓝水邃，只为沿岸最情多。

七绝

冬居景洪

二零一七年元月十一日

气清彻底洗风尘，日日桃园梦里人。
疑是傣家情似水，挽留苒苒半年春。

七律

寄安元画师

建桥、王方、安元冬居海南东方。余居景洪。虽优哉游哉，惟无友人相伴。

二零一七年元月十一日

纷纷南下避寒尘，我旅滇南尔海滨。
遄兴兼看春夏色，逸闲分作画诗人。
未通董史高朋语，【一】才羡王方趣味真。
但恨游栖孤独子，明冬也作钓鳌宾。

【一】建桥姓董。《陕西通志》总编撰。

七绝

冬居

二零一七年元月十二日

山山水水累寒风，为逐春光到景洪。
镇日悠哉闲捧读，浑如五柳筑蒿蓬。

七绝

自嘲

二零一七年元月十二日

曾记上方谕诫词，生民不必庙猷知。
而今百事成荆棘，散淡也成家国痴。

七律

建桥发来测试老年痴呆试题，戏作

二零一七年元月十二日

举廉科场插花回，自笑才情岂化灰。

戏弄传来试痴卷，八题答出两『天才』。

邃科陈万经纶手，[一]除腐习王霹雳雷。

落定尘埃论功过，竦望北斗尽余怀。

【一】陈、万，指卫生部长陈竺和科技部长万刚。二人又同为外国院士。

七律

咏张伯驹

二零一七年元月十三日

人间烟火真名士，生死炎凉逾上人。
慨尔情金惜《平复》，飘然云鹤笑豪绅。
妃潘放胆取潘素，报国倾心献国珍。
喟叹今朝遗远疚，号呼来世厚潜鳞。

七绝

再咏张伯驹

二零一七年元月十四日

为延文脉弃名园，大德自虚衔义恩。
报国酬情两相得，幽人千载一真魂。

七绝

杭州

清荷命作杭州诗，因就。

二零一七年元月十五日

嗟讶汴杭昔未分，清眸柳雪岂纷纭。
早闻莺语觅苏小，终逐晚钟拜岳坟。

七绝

忆去岁甘南游赠同行诸君

二零一七年元月十四日

云新岭洗去朦胧，是处朝花待好风。
最恋甘南佳景致，晨光清澈草青葱。

七律

述怀

二零一七年元月十七日

豪情自负擅孤行，反顾春风戏此生。
阮藉携余作再啸，屈平引我发今声。
疏狂不碍趋苍老，迟暮何妨写纵横。
真觉燕京罢靡乐，恍听画角起边城。

七绝二首

题吴德功君润色勐梭龙潭残荷摄影大作

二零一七年元月二十日

其一

残荷一片水光开，败叶飘零尚自裁。
晓雾犹怜生意尽，凄凉意境入诗来。

其二

残缺谁知极致观，繁华阅尽意阑干。
幽光迫近黄昏后，孟贾清诗彻骨寒。

五律

客次傣族园

二零一七年元月二十一日

蕉阴围傣寨，寺僻灿深林。
满目无穷绿，浏鸣不见禽。
清空养尘耳，涤虑静人心。
徒倚江流外，澜沧旷阒音。

七律

与许子芳君

二零一七年元月二十六日

束发初闻捷健儿，风度温雅废庙时。
雁序乐班居席首，生平旅次客河湄。
菊林得意晨鸣早，墟落失途翮振迟。
惋叹风云伤尔甚，腾骧举足未能驰。

七绝

元阳哈尼梯田

二零一七年元月三十日

织女天工丝夺巧，流银绣作螭甲田。
尽镶纹绮成奇镜，夜映三千水月明。

附：文默诗

谁信不是水墨图？千镜万线层叠出。
皆因巧笔依地势，棱织梦漪绣天吴。

七绝

往丘北途中

漫山绿樾，偶见平林。

二零一七年元月三十日

疏密天然潇洒态，寒叶脱尽见风神。
看惯浅深黄绿樾，方知最美是清真。

七律　坝美

坝美，壮族村寨

二零一七年元月三十日

蓝水兰舟穿洞幽，豁然美坝菜花稠。
明葩溪照逗花鸭，暗竹烟停信牧牛。
芋餐童稚沙柳岸，药摊老妪路村头。
桃源应在水车渡，凤尾潇潇掩壮楼。

七绝

滇东川红土地景观

二零一七年二月九日

翻播赤土色逾妍，风烈拂绸绿麦田。
佛祖慈悲度丘谷，漫铺百衲织东川。

七绝

赤水白马溪

二零一七年二月十日

凤筠满谷探崎蹊，翻上玻璃烟雨梯。
仰首沉崖天半卧，缓垂轻练洗云霓。

七绝

贵州赤水丹霞

二零一七年元月十一日

巍巍山势压黔角，跌瀑腾云湿蜀南。
天地氤氲迷百里，穿烟磴道赤霞探。

七绝

往桫椤叠瀑道中

二零一七年元月十一日

无尽竹蕉无尽游，桫椤叠瀑兴悠悠。
却疑尽得蓝光景，夺取青城万种幽。

七绝

登佛光岩

二零一七年元月十一日

屏遮碧虚赤壁横，危途迤逦带愁行。
篁阴渐失丹山路，绝处恍闻清凤声。

七律

久闻白鹤梁，前两番造访未果，今日得见

二零一七年元月十二日

东亚水文肇启时，勒铭潮汛庶黎知。
往来商楫果无险，涨落长江信有期。
白鹤飞来系民瘼，涪翁踏至示人思。【一】
石梁缘坝沉波底，三造今方睹世遗。【二】

【一】涪翁即宋代黄庭坚，时在涪陵任职。

【二】白鹤梁已录入世界文化遗产。

七律

由云南返陕途经安康会解、夏二君，归寄夏定武同学

二零一七年二月十五日

匆匆一晤话前因，语到如今七十春。
与我同窗上下铺，共君隔岭北南人。
温和自是乐知足，随意未怜远别身。
落脚旋成崖上柏，生机郁郁度风尘。

七绝

闻培瀛兄游厦门见寄

二零一七年二月十五日

闻妻转语汝南游，半载仙居闽鹭洲。
翰墨传徒兼导气，酬醅奉集待初秋。

七律

居老

二零一七年二月十六日

终日流回三件事，药囊生理信由之。
眼开不盥先看讯，情至无笺即作诗。
七十将临谁觉老，一生未展我相宜。
横秋不是青春态，鲠气冲胸每放辞。

七绝

忆就读西安市二十一中学(菊林中学)

二零一七年二月十七日

庠在菊园饮马池，督军府外绿苔滋。
最堪我辈流连日，应是初萌春好时。

七律

昨席间谈诗，今致旧同窗安健君

二零一七年二月十八日

巡酒只看两鬓斑，笑谈未觉一声孱。
蒙君论韵示新意，惜我题辞摹旧颜。
不是冥顽轻后进，只缘璀璨慕先班。
晚年心力懒旁骛，漂泊词湖诗海间。

七律

西双版纳热带雨林之望天树

二零一七年二月十八日

初入雨林看乱繁，植生樛扰浊溪浑。
藤争阳日缠绞杀，木抗飓风横板根。【一】
通脱冲霄无杈蔓，直圆光晕祛斑痕。
今朝得见望天树，强筒即能享独尊。

【一】雨林中由树根部生出若干板状物。

七绝

嫦娥

二零一七年二月二十一日

一别羿郎天海巡，无声无息亦无尘。
谁言月姊最情冷，夜夜照看幽会人。

七律

诗词大会有感

二零一七年二月二十二日

残图半语即擅场，韩孟复生今落荒。
微信只能通俗俚，捧书方可慰凄凉。
惊闻背诵过千首，惶恐吟哦梗九肠。
文化快餐食不得，灞桥风雪是诗乡。

七绝

昨赴德功兄沪宴，今寄安庆、小刚、梦臻诸君

二零一七年二月二十三日

四骏轻蹄绝远尘，青鬓历练出乾彬。
而今一骑驰天阙，曾否顾嘶伏枥辛？

【注】四骏指安庆、小刚、诒谋、梦臻。乾彬指四人下乡在陕西乾、彬两县。

七律

读叶嘉莹解杜甫『秋兴』诗

二零一七年二月二十四日

怀秋杜甫吟望句，去国嘉莹善解诗。
不是云身漂泊久，何来孤魂索离哀。
『每依北斗』新伤咏，重探故园老泪词。
远隔千年会心曲，深沉苦痛我参差。

七绝

题吴君德功发来修裁友人巫江江景照

二零一七年二月二十五日

山影朦胧江影昏，孤舟野渡客销魂。
隔着凋枝仔细看，水中倒影若渔村。

七律

自况

二零一七年二月二十六日

晚年且作旅吟人，寒节南栖至早春。
彩云两月题三卷，水镜一旬应再巡。【一】
景物风侯逐情变，阴阳气象感时新。
寸心造化真无限，恨不一身分百身。

【一】彩云，指云南。水镜，指元阳梯田。

七绝

寄卢君

二零一七年二月二十六日

桃李夭夭长者风，年年高考首城东。
文章道德两相顾，颐养可逢下岗工？

七绝

悼王妍

二零一七年二月二十七日

红裔能诗意境清，病身犹作卫东兵。
沙龙聚左言如昨，一别竟成幽隔明。

七绝

致毓琦

二零一七年二月二十七日

西海归秦一孔裔，终南科第复图第。【一】
五湖载酒接宾朋，长谊赠书通末契。

【一】毓琦早年在西安求学。若干年后又在西安购宅。

七律

示友

二零一七年二月二十八日

人生识字始糊涂，行到六十可解初。
夜雪翩跹终是水，春花凋谢亦非虚。
衍文何必谩轻我，偏理且休擅笑余。
记取朱熹半壁语，【一】鸿儒枉读十年书。

【一】朱熹讥北伐诸人：半个中国尚管不好，还要去管整个中国。

七绝

关情

二零一七年二月二十九日

豆豆嚎哭动心扉，一脉血缘此见微。
纵是路儿不相识，依然未忍听歔欷。

七绝

清明将至

二零一七年二月二十九日

岁岁清明丈母坟，香烟袅袅纸钱焚。
晚年祭奠添情绪，暗自伤春惜晚曛。

七律

笑我

二零一七年三月二日

情从景处得诗缘，景入诗心倍可怜。
细雨江南花媚柳，长风藏北石侵天。
忘机负杖常登巘，解恼买舟多泛川。
唯念今生遨任放，归期亦当接云烟。

七律

偶成

二零一七年三月三日

诸人尽说楼台好，隐隐但闻风雨生。
棂牖流云空重彩，栋楹蠹蛀失强撑。
时常自信三定语，偶或渠惊两覆城。
奢气酸风满庭院，一从一总宁澄清？

七律

寄汉生

二零一七年三月三日

五丁曳拓金牛道，开岭学兵险万分。
厚笃苦劳曾脱颖，骄谀贱贵更浮云。
浊时榛莽咸遮径，清世庙堂不弃君。
高士之交淡如水，直松劲竹蕴清氛。

七律

再寄汉生兼致当年筑襄渝铁路者

二零一七年三月四日

雄起纠纠唱大风，襄渝野谷尽蛇虫。
月升森岭争南斗，岚起江皋入烟松。
枵腹过应归督抚，竭劳勋未勒秦嵩。
英雄自古出少年，不论生机存几重。

七绝

游栖川黔

二零一七年三月四日

自笑老忧关庶黎，三更古驿听荒鸡。

晚年已失早年趣，不到前溪到五溪。【一】

【一】前溪，越中古歌舞地。五溪，黔中瘴荒地。

七绝

去秋诗意

二零一七年三月四日

无垠浩气并高秋，万里黄沙一望收。
注入心头高格调，吟哦常抱不平忧。

七绝

见照致大校朱荣炳

二零一七年三月四日

天地浑如一体纯，涵收万象只留银。
蓦然单骑凭空降，直作诸天遗雪神。

七绝

复旅行者朱丽相约赴印游

二零一七年三月四日

理过诸教西天祝，玄奘神驰载经牍。
承教不嫌今式微，严霜期后谒天竺。

七绝

自景宏归来

二零一七年三月五日

辞别南春就北春，关窗晏起畏寒晨。
校园细数谁开早？连翘玉兰正闹春。

七绝

春闲

二零一七年三月五日

花讯报传呼快哉，青龙寺里瓣樱开。
且留芳飨待明日，买得江团早市来。

七律

会前寄望

二零一七年三月五日

不负家邦不负民，时来浩气荡黄尘。
率能匡正弭西派，幸自重新望北辰。
天地肃清三代污，乾坤整顿一时春。
若为风雨斫轮手，毋失江山后继人。

七绝

红杏

二零一七年三月五日

寒梅暮雪呼春来，桃李未开我先开。
夫子坐坛传道日，一飘红雨浥尘埃。

七绝

林中所见

二零一七年三月六日

众鸟相喧个鸟娇，望天巨木接云霄。
微风不觉林深处，万叶消停一叶摇。

七绝

西安回民餐饮区

二零一七年三月六日

熙熙食巷客成堆，店主乡音亲呼来。
旧阁老槐风尚古，坊上解馋走一回。

七律　甘南投宿

忆去年携友遨游而作

二零一七年三月六日

甘南风物甚销魂，含雨晚云逐野奔。
避寺倚松亲水月，寻幽借宿远人村。
寒蛩清夜啼庭草，醒梦白衣掩院门。
我似灵游躯壳外，流光霜照满乾坤。

七律

平居

二零一七年三月六日

斗转参横年复年，故园阅尽美山川。
曾经气惯冲牛斗，未觉诗堪入杏园。
秋去漫思南海旅，春来聊赴曲江筵。
无端忧愤甚无赖，搁奉心香禹迹前。

七律

忆初游甘南

二零一七年三月七日

草地茵茵听隐雷，代醅齐举奶茶杯。
众心向往礼僧塔，五彩经幡舞石堆。
藏寺寺藏藏咒否？ 水车车水水声惟。
罕奇都在溪间屋，围看慈嬷料米碓。

七律

追怀

二零一七年三月八日

年少曾经意态昂，喜望大雪舞茫茫。
寻因负笈频穷冻，一袭麻囊作褥床。
自持素寒愈自信，清凭品格益清狂。
当时风气真如此，相较不遑论短长。

七律

晚怀

二零一七年三月八日

残阳晚奏听云门，乐辍冰河冻草根。
渺渺微身向天问，茫茫大泽与谁言。
趋新词句恶方俗，稽古文章巧且谖。
非是栖回旧巢穴，子规啼血向桃源。

七律

示女

二零一七年三月九日

半爱读书半泽丘，严教未碍尚风流。
起居莫怪行疏懒，选馔何妨下酒楼。
课读修身若登第，临高作赋似封侯。
遨游归去嘱瑶女，身后永看九寨沟。

七律

昔望钱江

二零一七年三月九日

吴越风云展卷开，兴亡意绪此登台。
高吟常坐读诗起，奋笔皆由阅史来。
激愤多从微事发，襟怀未忍细民哀。
鸱夷何日逐涛怒，八月钱潮如滚雷。

七律

返乡赴侄女婚礼

二零一七年三月十九日

又是家乡四月春，喜忧日日剡溪滨。
初临弟舍赴婚礼，再赴翁家啖海珍。
疼顾长兄遭险疾，惊闻阿姊罹疴身。
才愈七十何多患，夜梦频频祈至亲。

七律

忆八二年初由西安乘车赴榆林城

二零一七年四月一日

破碎支离沟壑横，黄塬远泯黄沙更。
寂寥行旅怅辽廓，古雅商衢唱道情。
融狄平添女颀丽，惜春无定柳分明。【一】
借凭天赐桃花水，妩媚榆林塞上城。

【一】无定：无定河。

七律

忆亡友刘君雅儒

二零一七年四月三日

风雨袭来出旧巢，惊看红裔类鸱鸮。
神州万里旗摇动，柳巷一偶言讽嘲。
幽默方能称上智，诙谐亦足道逍遥。
而今叹息成永隔，如水月光恍听箫。【一】

【一】刘君善吹箫。

附：董建桥〈忆雅儒〉——和国良

曾忆菊林同窗日，才称学霸情无羁。
切磋数理常争执，设擂蒙目对弈棋。
风起云飚尚淡定，蜗居店张三年期。
西咸相聚或痛饮，吉他声中每忆及。

七律

读朱时清院士讲量子力学

二零一七年四月二日

佛祖拈花说灵鹫，【一】不明惟识姓堪羞。【二】
皇天视我如刍狗，【三】我视皇天似滑优。【四】
造化小儿索命苦，【五】纠缠量子证魂留。【六】
生年自幸薛谔后，【七】胜过逍遥庄子游。

【一】佛陀在西方灵鹫山说法。

【二】惟识，佛教里惟识宗，认识世界与量子力学相似。

且我竺姓，有说自天竺来，不明禅观为羞。

【三】刍狗，老子语。

【四】滑优，诙谐的俳优。

【五】唐杜审言临终告宋之问：“甚为造化小儿相苦。”

【六】量子力学认为，人的意识不会随人寿终而消失，它必存在宇宙中。

【七】薛定谔，量子力学创始人。

七律

行旅

二零一七年四月三日

天涯旅迹水云长，剡溪沣湄两故乡。
僧道不能咨姓寿，妇男未便问龄囊。
草从足下堪应惜，情入诗中最可狂。
南北东西俱行遍，争禁觅胜自彷徨。

七律

神颂

二零一七年四月四日

传承号角倒诸儒，岂是冥顽读故书。
只赖春风滋野草，偏教市场饲溷蛆。
复生笑死留肝胆，【一】屈子郁沉答姊渔。【二】
古往今来殉道者，群星璀璨照空虚。【三】

【一】复生，谭嗣同字复生。

【二】屈原以自溺回答祖国和与他争辩的女媭与渔父。

【三】空虚，指天空。

七律

探赜

昨与严老、永泰、汉生往玉华宫，一路热议永泰大作《人类的三次危机》

二零一七年四月五日

玉华宫外正芬芳，静景清心日影长。
深淡山林三绿韵，繁疏樱瓣两红妆。
适为经译名般若，【一】恰是宗开好道场。【二】
更议《危机》探宏论，鱼龙泼刺听潜塘。

【一】玄奘在玉华宫翻译《大般若经》。

【二】玄奘在玉华宫开创法相宗一派。

七绝

首次进藏，通宵眠车内，微明即起所见

炎天不耐五更寒，尽染幽蓝天地间。
不是私车横野路，直疑身尚在尘寰。

七绝

致寒梅

二零一七年四月八日

寒梅恋映西湖水，老马顾嘶河套风。
千里江河隔儿女，南北垂爱似飞鸿。

【注】寒梅老马夫妇，儿子居杭州，女儿居银川。老俩口常往来南北。照拂子女、儿孙。

七绝二首

痛心

听贾行家讲东北国企工人下岗实况。中有亚麻厂尘爆致众多青年女工毁容致残。厂方聚而迁至孤楼居。众女日不敢出，至夜冥常凄绝暗泣。人多不敢近。谓之『鬼楼』。闻之何堪。

二零一七年四月八日

其一

谁令众妍罹爆轰，今生竟是死胜生。
初闻已是寸肠断，怕想黄昏饮泣声。

其二

无情尘爆毁春容，半怨人灾半怨风。
众女『鬼楼』羞见日，喑喑凄夜泣寒虫。

七律

山居

二零一七年四月九日

偶生诗兴失炎天，句在清风涧水间。
往夏偏来舍汤峪，故人俱已客秦山。
常依祖咏望阴岭，未羡王维业辋川。
负手冥搜随徙倚，豁然会意立潺湲。

七绝

出行前致汉生未寄

二零一七年四月十日

岁岁年年弱水游，回翔复望海西头。
此番藏碉插云岭，严妻可许举翎不？

附汉生复诗七绝《有法》

二零一七年四月十日

一岁一游快乐多，心思已到藏山河。
欲平俗事除羁绊，边说边磨边张罗。

七绝

故乡归来

二零一七年四月十一日

遍生雷笋故乡春，户户大炉生火薪。
剥箨酱糖油久焖，携归特产飨朋邻。

七绝

悼李媛媛

二零一七年四月十一日

万种风情顾盼飞，媚柔举止暗藏机。
更兼书卷稳娴态，倾倒红尘一介微。

七绝二首

追缅

二零一七年四月十一日

其一

善兵善政善诗文，能理能书能论军。
绝地悲歌为大众，曾教世界动风云。

其二

精英权贵尽抛污，著粪佛头如觋巫。
噩噩昏昏众生相，总须灌顶一醍醐。

七绝二首

写叶嘉莹

二零一七年四月十二日

其一

老辞漂泊入津门，温雅未留离苦痕。
莫论迦陵句长短，【一】浮生寄寓一诗魂。

【一】叶嘉莹诗号迦陵。

其二

渡海去乡传统深，暮啼终究子规音。
求生身入异邦籍，永系飘蓬故国心。

七绝

题外孙豆豆三岁半

二零一七年四月十二日

户铃从未这般频，门隙初开窜短身。
绕过外公浑不见，扑怀姥姥示情亲。

七绝

攀枝花

二零一七年四月十二日

西南异木每疑之，一路红云弄妙姿。
请教乡人来指点，始知花树号攀枝。

七绝

嘲苏轼两任杭州流迁荆蛮未至蜀西

二零一七年四月十三日

柳条苒苒掩苏堤，遍透春光花满溪。
居士荆蛮尽行到，神奇却在锦城西。

七绝

居日

二零一七年四月十三日

日日耳鸣难起迟，犹关户外雨风欺。
护花无计遗闲散，深读陆诗更杜诗。

七绝

忆江南水乡朱家角

二零一七年四月十三日

瓦舍参差灯影悄，食幡斜矗任飘摇。

繁华是处偏寥落，晚雨潇潇立拱桥。

七绝

兰田水陆庵

二零一七年四月十三日

名寺侧连水陆庵，狰狞罗汉塑伽蓝。
野魂藉此祈超度，缭绕香烟满佛龛。

七绝

网购

二零一七年四月十五日

书廉网购邮犹速，叹息敲盘我自疏。
万事何曾借妻女，老来自信付虚如。

七绝

今后

二零一七年四月十五日

浅谈大失深谈得，利害如今分雪墨。
且待廿年见是非，再论谁个空忧国。

七绝

忆忠明同学在冶金建筑学院时园中漫步

二零一七年四月十五日

音讯十年能几闻，杨花冶院舞纷纷。
近来常忆青春事，梦里欣然遇着君。

七律

念忠明

二零一七年四月十五日

曾许去年来视君，赴滇倍道失探询。
冰轮有影惟伤己，白首无时不望云。
向往周旋问妇子，复回闪烁碍情亲。
未知殗殜或绵惙，【一】忐忑心思浮往尘。

【一】指小病未瘉或是危疾。

七绝

乘机

二零一七年四月十五日

云海霞光气湛蓝，腾空淡漠月销残。
古人想象天宫好，那得人间锦一般。

七绝

童心

二零一七年四月十六日

阁楼窗下纺绸多，夜看冰轮泻素波。
深恐广寒不耐冷，锦袍一袭赠姮娥。

七绝

致同学有感

二零一七年四月十六日

三年忽忽短时光，别后风霜日月长。
一自秦人问鼎后，几多骄子不相望。

七绝

题师大流觞小池

二零一七年四月十六日

水光凝色槐阴叠，日好无端风猎猎。
环卫工人甚苦烦，满池又得捞残叶。

七绝

前月至象山舍弟亲家

二零一七年四月十六日

浅山围海作渔场，随见滩涂鱼跳忙。
一呼手机遥应答，片时轻橹送鲈鲳。

七绝

拟示友

二零一七年四月十七日

老友今逾子路风，磻溪又观钓纶翁。
细评新著纵横篇，知彼甚真已半空。

七绝

致同学谷桂花

二零一七年四月十七日

渺渺云波大海东，戏把弄孙称打工。
耳疾诗中随笔道，多承关切胜春风。【一】

【一】谷桂花在澳洲照看孙子，见我诗中有耳鸣之说，多承提了许多有益建议。

七绝

非已

二零一七年四月十七日

老闲忧世夜愁生，辗转梦回起五更。
若得昌明均富势，甘判我醉众皆醒。

七绝

游兴

二零一七年四月二十日

五月已筹南美行，拟观加国极光生。
龙钟未显趁身捷，何不放怀天下横。

七绝

约诸人游蜀西

二零一七年四月二十日

清梦几回到蜀西，碉楼雪岭隼飞低。
美人谷里女儿国，欲逐流风看及笄。

七绝

致东岳君

二零一七年四月二十日

感君勉我立言书，文兴偶萌瞬趋无。
性懒更兼随兴趣，小诗闲凑乐如鱼。

七绝

反躬咏

二零一七年四月二十日

豪情抛尽梦空之，愧学英雄坠泪词。
只是襟怀能脱俗，风流上得最高枝。

七绝

师大槐园

二零一七年四月二十一日

最爱园中小密林，细高槐木绿成阴。
叶幕洞天清景象，听禽界外涤尘心。

七律

运命——忆初中升学及中专时期

二零一七年四月二十二日

少曾立志太空门，跌碎无端一梦春。
雷击真如醒浑噩，心伤无觉醉游奔。
课停风议行荒漠，时旷自修识道根。
襟抱从来欲报国，不羞误作老诗魂。

七绝

吟成

二零一七年四月二十二日

吟句年来觉老成，懒听晚辈唱风轻。
半缘老杜半缘事，发得深山磬石声。

七绝

师大校园

二零一七年四月二十二日

园中花木少能识，连翘迎春混一枝。
更把丹枫兼爪槭，绯云不辨叶参差。

七绝

赋老

二零一七年四月二十二日

曾望山河万里春，心思孤寂正磨人。
万般希冀漫付与，老发不平惊世呻。

七绝

儿时雁塔下逢散集

二零一七年四月二十七日

雁塔层檐插断蓬，远岑凝碧晚云红。
熙熙赶集人车散，鸦绕疏林啼野空。

七绝

居思

二零一七年四月二十七日

用药常年血压平，血糖无药恼飚升。
堪堪海陆留云迹，安悔此身付野藤。

七绝

祸耶福耶

二零一七年四月二十七日

近立年华客渭城，承蒙局长荐韩荆。
天牢昨报因滇抚，幸自当时谢入京。

七绝

读友新著

二零一七年四月二十七日

重大命题分渭泾，时闻斗胆扣天扃。
层层面面俱关到，惜未裁成一体经。

七绝

西秦汉风

二零一七年四月二十七日

曲杜坚忠属苏武，汉阳毅勇出张骞。
秦中大汉多名器，绝唱史风传马迁。

七绝

今日变天

二零一七年四月二十七日

未雨阴云四起时，正逢初夏绿肥姿。
呜呜风作秋寒苦，好写无聊闲适诗。

七绝

见吴明宗赴成都与同学聂宜健相逢发来影像

二零一七年四月二十八日

忆昔小吴今老吴，奢园一聚啖名厨。【一】
锦城如锦逢君健，高兴可曾说道吾？

【一】去冬明宗君曾于云南省前落马书记私筵之小园款我。

七绝

咏司马迁

二零一七年四月二十八日

耿剑青霄插太华，黄河万里画龙蛇。
夏阳独领春秋笔，指顾风云第一家。

七绝

故乡女婚风俗

二零一七年四月二十八日

自家大宴近三日，幽处闭门不见人。
翁亲相违仍旧俗，只能兄弟至翁亲。

七绝

读灵秀登华山诗忆旧

二零一七年四月二十八日

滂沱豪雨洗青壁，壁若镜明光鉴空。
盘道暮烟生谷里，轰轰瀑响似松风。

七绝

作诗

二零一七年四月二十九日

历过青春跌宕时，千般恼杀烂污辞。
胸中甚有风雨起，为惜斯文强作诗。

奉妻命为三姐画作题五首

二零一七年五月一日

七绝

咏牡丹

姚黄魏紫一时名，豪贵重金竟与争。
不是女皇偏爱此，如何四月动东京。

七绝

咏松

亭亭岱顶傲霜风，秦帝幸巡勒石雄。
骤雨何曾分贵贱，庇荫功与大夫同。

【注】始皇东巡命李斯勒铭以告天下。登泰山途中遇雨，君臣避雨五棵松下。始皇以为有功而封大夫，后人称为五大夫松。

七绝

咏竹

染得横塘客舍青，谁堪尽入画师情。
风摇凤尾真潇洒，一笛闻吹最爽声。

七绝

咏月季

正姿品色甚纷纭，涵蓄微香胜馥芬。
谁能月月开群艳，天下何人不识君。

五绝

咏兰

切莫倚阑干，只宜深谷看。
与交君子意，持赠一幽兰。

七绝

园中小塘

二零一七年五月二日

浓绿曲塘久看稠，年深积潦复回流。
跳鱼犹觉呼吸闷，硕鸭闲浮任自由。

七绝

即日气清

二零一七年五月二日

窗外邃空尽净尘，梦回心绪一时新。
问安鸟语偏醒我，招呼林间最可人。

七绝

回忆望清

二零一七年五月二日

遥指蓝山喜龀童，桃梢燕子剪飞红。

关中翻入汉中水，可许城吹太乙风。【一】

【一】政府已开工引汉济渭工程。太乙峰，在终南山。

七绝

南楼

宋庆龄故居在什刹海后海，系清明珠府邸，现存南楼为纳兰性德填词赋诗处。

二零一七年五月四日

画廊垒石接南楼，楼俯碧塘一派幽。
此是纳兰伤感处，词胜我族满帘秋。

南美旅诗七首

七绝

观无境先生摄影大作

二零一七年五月九日

冬残疏木草萌春，烟树迷濛欲脱尘。
轻墨涣洇无限意，一帧赏罢似真人。

七绝

巴西玛瑙斯豪雨后暮水

二零一七年五月十日

一道雨林分水天，远光束照洞铅兰。
枉知亚马逊淋溽，洒过涨平微觉寒。

七绝

伊瓜苏大瀑布

二零一七年五月十一日

烟笼烟飞泻万流，声威咆哮动瀛洲。
雄姿跌宕今惊见，拔取人间第一筹。

七绝

阿根廷拉普拉塔河河口

二零一七年五月十二日

大江滚滚向天横，浩瀚只疑沧海生。
倾尽银河天上水，人间听得鹊桥声。

七绝

题无境先生航摄安第斯山脉日下雪峰

二零一七年五月十四日

巍亘万峰白玉妆，俯瞰方知雪茫茫。
层云扇射通明柱，慈照心澄印佛光。

五律

飞瞰秘鲁纳斯卡地画归途中于加油站小憩，众笑我失步事戏题

学古拟逍遥，行行散食消。
油场平镜坻，暗坎失犖跷。
地画凌空看，雄飞可解嘲。
张公频戏我，不是看洋娇。

七律　宽韵

急就于达拉斯机场

二零一七年五月二十二日

长飞碧落荡重云，南美景光今理纷。
地画千秋堪费解，伊苏百瀑最惊魂。【二】
马丘残迹翠峰隐，【三】帝国印加青史痕。
游侣情融甚难得，何期自驾看枫殷。【三】

【一】指巴西阿根廷交界处伊瓜苏瀑布。
【二】秘鲁印加帝国之马丘比丘遗址。
【三】枫殷喻加拿大。

五律

读诗

二零一七年六月一日

摩诗若健禽，晚读更飞深。碧落响谢屐，天风闻白吟。【一】
回翔通屈杜，往复见辰参。【二】槛外银河转，魂銷辨好音。

【一】谢屐，南朝诗人谢灵运登山时喜穿木屐。白吟，李白的吟唱。
【二】辰参，天明和天暗时的两颗星。

七绝

闻同窗丁君忠明卧病成都，今其子自拉萨报父仍昏迷

二零一七年六月四日

因是怯情不敢询，幸今丁侄报庭椿。【一】

惟祈灵药挽魂力，唤醒昏迷锦里人。【二】

【一】庭椿，原为椿庭，此指父亲。

【二】锦里，成都别称。

七绝

遥致丁忠明　押宽韵

忠明同学大学毕业以独子身份进藏工作。退休居成都，然近闻重病昏迷已数月。念之戚戚。

二零一七年六月四日

赴藏险劳何惜身，未平命运弄丁君。

小儿造化不须闹，【二】还我同窗清醒魂。

【二】唐杜审言临终告宋之问：甚为造化小儿相苦。

七绝三首

永泰新书发行

二零一七年六月四日

其一

一辑刋行意欲飘，治平按辔待天朝。【一】

青锋不减当年志，耿介倚天干紫霄。

【一】东汉范滂按辔，慨然有澄清天下之志。

其二

经论似曾奏玉除，曾闻直呼假君储。

横秋豪气老更发，犹胜当年颁奖初。

其三

百卉依俟次第来，寒花竟可为君开。
寄语雄心宜记取，今生最后拼一回。

七绝

临潭

二零一七年六月四日

两诗叠寄意何深，叹老还能效抚琴。
唤醒深潭潜水族，鱼龙可否答知音。

七绝

看花

二零一七年六月四日

春秋小酌赏山茶，岁月优哉是我家。
风骨凛然深更见，严冬喜看舞梨花。

七绝

南美

二零一七年六月五日

南美归来梦几回，雨林无际绣成堆。
伊瓜壮瀑声犹在，烤肉盛筵频举杯。

七绝

吾庐十年前补壁

二零一七年六月五日

楷行篆隶不知云，补壁不羞春复春。
取次抹涂谁见怪？我因书圣故乡人。【一】

【一】余祖上浙江嵊县金庭灵鹅村人，王羲之致任后居此。今存其墓冢。故为书圣故里。

七绝

致兰贵人

南美旅行团在北京集合，见贵州兰定荣，俱似曾见过，余戏称其为『兰贵人』。归来同行张先生摄影数枚。亦有小兰玉照。南美时余夜尿频多起。其荐我保健内裤。试穿后果然神效。

二零一七年六月五日

似曾旧识北京时，又睹张兄摄靓姿。
为感荐衣能久睡，晨题答谢小兰诗。

七绝

云

二零一七年六月五日

世间万物岂常持，今日已非昨日知。
最是白云善变化，弄姿不尽不穷时。

七绝

月

二零一七年六月五日

年年夜夜望崇光，不类花开一季香。
世上娇容谁得似？婵娟不改旧时妆。

七绝

忆去夏观青海八一冰川

二零一七年六月六日

惊呼玉山压大荒，茫茫寒气暗炎阳。
微流漫野潜冰下，相看须眉尽挂霜。

七绝

复读鲁迅

二零一七年六月六日

导师自谓是贤人，再拜鉴湖东海滨。
细数三千年变局，莫将新圣等丘尘。

七绝

风格

二零一七年六月六日

幽人岂止出吴门，不啻悲歌发赵邯。
秦雨越风两相顾，我兼南北一诗魂。

七绝

回望

余二十七至三十一岁时在咸阳行署粮食局工作。

二零一七年六月六日

科副俱过五十期，吾临而立许分司。
秦城偏狭养豪气，返顾今生最显时。

无题

二零一七年六月七日

闻道桃花久落尘，寻常邑户啖山珍。
书生太半轻俗计，春梦秋山困煞人。

七绝

再致兰贵人

二零一七年六月七日

初见京都疑旧识，曾因却步乍逢时。
荐衣唾玉听堂下，每念斯言辄感之。

七绝二首

读陆游示儿诗

二零一七年六月七日

其一

每读胸冲故国情，忍知江左走胡兵。
详参晋宋明亡事，总是乱柔遗恨声。

其二

死去如何万事空？ 幸留赋铁马秋风。
左徒怀抱谁为继，[一]亘古男儿一放翁。

【一】左徒，即屈原，曾任楚国左徒。

七绝

岁月

二零一七年六月八日

云烟倏忽寸光疑，惊觉已临七十期。
耳重目衰身累病，心情却在少年时。

七绝

题无境先生凭空摄海景

二零一七年六月八日

晚阴远听涛声弱，雪线层层入滩没。
潮里泳人如芥微，水天云气大空阔。

七绝二首

即吟

二零一七年六月八日

其一

一诗回复一诗空，时续时停惆怅中。
恨不驱车古原上，乐游晚望夜郎风。

其二

清励风姿芍药怜，而今自笑梦中仙。
幽兰只合诗人佩，华发岂能学少年。

七绝

读马家骏先生《佛教文化与长安》

二零一七年六月八日

苏俄文学世称雄，先生大作毕其功。
茶余小制佛宗论，涵养深沉纳海空。

七律

悼阿连德

智利首都利马的总统府广场立有当年不靠暴动而依民选，后被美国策划的军人政变杀害的前总统阿连德塑像。阿连德若不死而成功则在道义上西方将失掉今天的主要话语权。惜哉！列强们灭印第安人贩卖黑奴掠夺欺凌亚洲，而今则多所忏悔。利益既得善词又敷依然文明。可叹而已。

二零一七年六月十二日

饮恨逝魂天理伤，海天愁色正茫茫。
英雄径择非铁血，帝霸刀挥管异常？

万苦亚非无北极，百慈横竖入西方。
食肥事后立碑石，犹获悲悯云水长。

七绝二首

南美行

二零一七年六月十二日

其一

归来如梦亦如烟，柔媚嬉曾依我肩。
影像不知何处去，管他柳下抑梅边。

其二

大河长岭兴悠悠，无意此行作冶游。
夷丽诚能潭击石，涟漪荡起层层秋。

七绝

婚前趣事

二零一七年六月十二日

已谂花名聊补空，频繁故谑借情通。
书欣闻问未烦恼，伊竟每回一串红。

七绝三首

说己

二零一七年六月十二日

其一

书生原不重钱囊，天命竟能得小康。
语后都嫌吾太醉，是非岂以己宽长。

其二

早闻人老怕三事，我只担心一睡忧。
散却余金共剩岁，欲留足迹满神州。

其三

少怀功业破千愁，终恨今生小事休。
豪气换成豪游兴，五洲风色眼中收。

七绝二首

往事

二零一七年六月十二日

其一

春神拂顾蒙偏爱，四月名花为我开。
情切只能专一朵，垂老屡梦别枝来。

其二

本自悠然寄菊花，袭来苦雨铁琵琶。
故人谑我神非昨，风骨棱棱似法家。

七绝

观书

二零一七年六月十四日

漫草诗书劲气清，横塘秋满叶舟横。
时轻时重凄风雨，淅沥敲窗一夜声。

七绝

雨至

长安消暑而忧江南大雨。

二零一七年六月十四日

暑闷辗床难入梦，呜呜风起夜云动。
平明细雨带轻寒，转念江南忧澒洞。

七绝二首

叹息

二零一七年六月十四日

其一

噩噩中人夜泛歌，载金强势厌何多。
噍民尽日放嘲榜，谁管明朝起险波。

其二

勾史常教浊雾飞，每每擅场破重围。
高论闻发三千遍，叹息无人点化归。

七绝

诗力

余深信好诗即『情来，气来，神来』。

二零一七年六月十五日

诗力近来熟且纯，善摩世态水山春。
气情两处偶能到，惟欠空灵恬淡神。

七绝

赋诗

二零一七年六月十六日

眼里雨风秋夏时，胸中天地乱云丝。
近来绝句应心手，一日能吟四五诗。

七绝

读苏轼诗文集

二零一七年六月十六日

乐天旷达未能期，诙谐兴豪似近之。
读罢东坡诗作后，赋文长揖敢轻诗。

七绝

赋马家骏先生

二零一七年六月十六日

先生啸气若长风，兀兀峰头漉雨松。
年近九旬人未老，泡馍犹食听晨钟。

七绝

望春花

二零一七年六十七日

赤道阳光去复来，年年岁岁一谢开。
南归莫厌羲和别，我令东风吹再回。

七绝

客梅

二零一七年六月十七日

赋得幽香是放翁，魂招隐逸与英雄。
花中雪里惟君笑，驿外孤梅坼晓风。

七绝

与汉生利群老友议定本月再作青海游

二零一七年六月十七日

行遍海南海北秋，神奇人道海西州。
管他海拔三千米，放胆昆仑海上游。【一】

【一】西王母居昆仑瑶池，在今海西蒙古族自治州。古代池湖亦可称海。

七绝

记前年登英国圣约翰大教堂

此教堂为世界三大基督教大教堂之一，拱型穹顶彩绘天上极乐世界，祥和而缥缈。

二零一七年六月十八日

穹顶流云拏玉衡，【一】过耆心与少年平。
圣堂拾级最高处，听取天河银浪声。

【一】玉衡，北斗七星之一。

七绝

寄严老

昔曾闻严老言其令尊云旧时读书人之人生三事而戏题之。

二零一七年六月十八日

原非恋栈去鸳班，五百赋诗聊付卷。
昨日小星岂待我，细护明月到天年。

七绝

游灞河湿地公园

二零一七年六十八日

湿地无从见绿波，无穷碧叶映红荷。
白芦青草围塘小，汹涌何方见灞河？

七绝

自嘲

二零一七年六月十九日

梦闻号角醉听箫，荆棘丛行夜佩刀。
嗤笑升平生怪癖，狼烟未起雁惊高。

七绝

七月寓居

二零一七年六月二十日

不闻晨鸟啭啼声，热浪推窗扑面倾。
非绕长江非低地，西安何以作蒸城。

七绝

逃暑

二零一七年六月二十日

终南早已化轻烟，七月无云炙火天。
幸我先谋逃暑计，轻车不日海西边。

七绝

盛夏忆游青海

二零一七年六月二十二日

远飞鸟迹灭天边，天外玉峰雪未残。
遥思浩云如往岁，纵情意欲赴高寒。

七绝

读诗

二零一七年六月二十二日

魏骨汉风襟抱开，凤鸣虎啸五云来。
至今惟有杜工部，百读长能百味回。

七绝二首

赋鸟

二零一七年六月二十二日

其一

曾经试步踏青霄，万里江山一梦遥。
醉入红尘谁料得，纷纷雏凤变鸱鸮。

其二

薄暮旋拼罪众枭，凤凰绝唱胜天骄。
可怜千古万难事，破晓噪林惟子雕。

七绝

又赋元阳梯田

二零一七年六月二十三日

万千碎镜落山谷，梦幻天光看有无。
密匝排枪齐起取，【二】绮奇无尽胜蓬壶。

【二】排枪，此指无数摄景之照相机。

七绝

谢马老为我诗集作序

二零一七年六月二十三日

少时一度狂谄词，华鬓何嫌拾笔迟。
幸得名师题集序，铁心不烂作诗痴。

七绝二首

曲江

二零一七年六月二十四日

其一

柳垂风定曲江边，数剪忧丝燕掠烟。
想象少陵微醉后，花飞一片入空船。

其二

平明雨后立池边，晓雾横波荡画船。
记取腐儒吞血泪，心情蓦地坠如铅。

七绝二首

沧桑

二零一七年六月二十四日

其一

深山乍遇困穷人，生计隆冬手足皴。
隐逸高风疑祖上，子孙浑不赏秋春。

其二

秀水崇阿非汉居，当初只为稼禾驱。
吞声千百年余后，翻作世遗名胜殊。

七绝

观钱塘潮视频

二零一七年六月二十五日

银线远看颇有情，滚来顿作闷雷声。
击堤潮涌人未怕，大浪扑天吞海鲸。

七绝

新闻报道西安将重现汉武时昆明池

二零一七年六月二十五日

引领汉江越岭无，[一]潏沣久涸待蒲芦。
逢人即说三年后，浩渺昆池近五湖。

【一】引领，此作盼望。

七绝

忆年轻做工时休探亲假

二零一七年六月二十五日

日夜精疲陷纺尘，年年幸得一探亲。
回乡家族倍增喜，因我时为厂里人。

七绝

五十年前奉化藏山村

二零一七年六月二十五日

蓝水一湾亭下深，浅滩翾立啄鱼禽。
青牛溪里惟露鼻，三两牧童坐竹阴。

七绝

隐红

二零一七年六月二十六日

回看预言十一空，不当训诲付秋风。
重新检点非与是，浓墨海天飞隐红。

七絶

已去

二零一七年六月二十六日

已去于今四十年，风雷帐下将星残。

燕都纵使无言语，觅得佚文带泪看。

七绝

咏日

二零一七年六月二十六日

浩荡沧溟跃日轮，坠西终不化空尘。
周天散作星茫射，【一】夜夜指看呻苦人。

【一】夜空的行星仍是太阳光的反射。

七绝

少时在故乡砍柴归来

二零一七年六月二十七日

樵担过溪暮色苍，秋深早耐石蹊凉。【一】
家家瓦隙青烟袅，和着柴香稻饭香。

【一】因那时农村都是赤脚行路，故能感觉铺路卵石冰凉。

七绝

笑呈两故友

二零一七年六月二十七日

两友未婚长与携，已婚渐觉隔篱堤。
当时所以寡来往，大是由于爱畏妻。

七绝

故乡春日

二零一七年六月二十七日

丘岭四围簪绿绒，碧流长带竹林风。
一年最是春光好，漫麓桃花霞蔚红。【一】

【一】故乡是国内著名的水蜜桃产地。

七绝

想邛海芦山彝族之火把节

二零一七年六月二十七日

雄峰丽水蜀西多，岂止情牵一梦何。
若许他年芦岭上，夜观彝火若星河。

七绝

儿时夏夜

二零一七年六月二十七日

外祖凉床鼻息生，卧席夏夜仰天庭。
从来不信云吹动，时隐时明月自行。

七绝

儿时年夜

二零一七年六月二十七日

年夜提灯结队声，长街寂寂雪晶莹。
怕羞不敢回家转，壮胆强随黑巷行。

七绝

读鲁品越『《资本论》真谛及对其曲解』

二零一七年六月二十八日

久旱如闻霹雳声，暗云电坼动层城。

更望细霖成豪雨，[一]洗净乾坤分外明。

【一】切望鲁文能将短篇铺陈成巨制。

七绝

论李贺诗

二零一七年六月二十八日

状音诗鬼亦状色，光怪陆离梦幻多。
屈子已能着五彩，骚人谁解妙声何。

七绝

留连

二零一七年六月二十八日

情在彩溪情在秋，游人谁解我风流。
未辞地僻兼户少，何日进封九寨侯。

五言排律

悼刘安

游青海湖途中闻永泰发来刘安君病逝信息轸悼而作

二零一七闰六月十八日

飚起动豪情，一麾分半城。乌乡探卓荦，遗响奋纵横。
枉绁自犹舞，御风谁可争。江东无子弟，海隅失垄耕。
惋叹英雄路，暮迟残病生。我思未断绝，友论常慕倾。
浩气销千里，君身入尺茔。忽看青海黑，方寸忍悲声。

七绝

寄逝者刘安君

二零一七闰六月十八日

天风浩荡各求真，晚竟与君分两春。
总为烽火驰奔者，惜又同行少一人。

青新游组诗

七律

自德令哈往大柴担途中

二零一七闰六月十一日

云乱云长云浩然，荒山低远接穹天。
碧空蓝自雪隙出，丛草青从碛点怜。
旷野遥望泛茸绿，日光遍看影丘斑。
长驱盆地柴达木，大气入怀浑似仙。

五律

青海湖鸟岛

二零一七闰六月二十一日

青海碧逾天，邈辽失钓船。
鸬鹚立崖险，应恋冷鱼鲜。
鸟岛飞无类，湖光照可怜。
灵台清垢滓，六合净云烟。

七律拗体

仲夏途次格尔木

二零一七闰六月二十一日

去年云迹青海北，续兴再踏湖西头。
上拏兜率紫云冷，下看长安赤日愁。
亘横碛石侵大野，春秋将军开一州。【一】
奇兵底定藏与疆，谁令汉风吹又遒。

【一】慕生忠将军坚毅长略，于荒漠中坚持开拓出格尔木城。

五绝

喀纳斯神仙湾

二零一七闰六月二十二日

岵绿白云低，水涯芳草萋。
神仙故作态，缥色染清溪。

五绝

喀拉峻地貌

二零一七闰六月二十二日

深壑牛乳涧，鳄丘俯啜流。【一】
势沉惊峡谷，雪岭天外悠。

【一】涧水为神奇的白色，一丘状若鳄鱼，称鳄鱼谷。

五绝

琼库斯台一宵

二零一七闰六月二十二日

静音清氧足，村外小林屋。
廿载未深眠，何时复来宿。

五绝

将至琼库斯台途中山景

二零一七闰六月二十二日

缓山绿叠影，妙曼佳人姿。
静卧斜阳里，时移不可追。

五律

俯瞰禾木图瓦人村落

二零一七闰六月二十二日

昔未游禾木，多年意不平。
今秋驰北极，破晓立高坪。
木屋青洼散，停云绿麓横。
冷清噤鸡犬，惟响急流声。

五绝

赴南疆

二零一七闰六月二十三日

万里逐边情，纵车大漠城。
虚浮天半外，雪岭共云横。

五绝

凌晨往河湟途中

二零一七闰六月二十三日

宇宙寂无声，清晨落众星。
荒山悬冷月，远赭卧空青。

七绝拗体

青海湖畔

二零一七闰六月二十三日

天淡月淡净无尘，远树漠漠撩征人。
寂寥未计高原冷，凄凄鸥呖空湖滨。

五绝

驾车一日自格尔木抵近库尔勒

二零一七闰六月二十三日

瑶池枕旷凉，八骏已茫茫。
一日两千里，天山秋草长。

七绝

塔克拉玛干沙漠见南行重装军车

二零一七闰六月二十三日

南邻趁衅搅秋风，战士今看强挽弓。
铁甲隆隆真荡气，一周足抵洞朗东。

七绝拗体

往生遐想

二零一七闰六月二十三日

别生何异游瀛洲，无限意趣堪风流。
邀友辗然共小酌，青梗峰下论《红楼》。

五绝

托素湖

二零一七闰六月二十四日

渺渺通河汉，浩波倾亿辰。
客传风色异，半为外星人。【一】

【一】托素湖畔山洞中讹传有外星人遗迹。

五绝

格尔木

二零一七闰六月二十四日

荒碛鸟心惊，重闻大汉声。将军顾长略，青海筑枢城。【一】

建纛三江畔，收蓄四路兵。至今思悲壮，雪漫李公茔。【二】

【一】慕生忠将军事迹见前诗《仲夏途次格尔木》注。

【二】进军西藏时指挥部应在怒江、金沙江、澜沧江之间；兵出新、青、滇、川四路。最悲壮的是由李狄三率骑兵连最先由新疆进至阿里一路。

五绝

七月青海观湖畔日出

二零一七闰六月二十三日

湖平旭日丹，畏缩怕扶栏。
方辞关中暑，高原不耐寒。

五律

读诗

二零一七闰六月二十四日

退休闲有时，镇日喜观诗。
情逸千年上，心伤百代期。
吟呻郊岛苦，咀嚼甫谿迟。【一】
家国与山水，回萦且念之。

【一】甫，指杜甫；谿，即玉谿生指李商隐。

七绝

曲江孟春乍遇风雨

二零一七闰六月二十三日

狂舞柳丝春色微，雨珠洒面尽横吹。
迎风弱燕不胜力，敛翼时时贴水飞。

五绝

读杜诗

二零一七闰六月二十四日

衰盛悲一身，胜亡感激人。谁怜诗客意，千载共吟呻。

七绝

印军入我洞朗事

二零一七闰六月二十四日

一战落荒曾卷旌，红头今敢逞强横。【一】
进取瓦弄归版籍，唤起三军强汉声。

【一】旧时上海人呼英租界的印籍警察为红头阿三，因其头裹红色布条故。

五律

书生论兵

二零一七闰六月二十四日

偏师入汉城，冒雪逼强兵。印卒望风哭，高原杀气横。

越苏恃水战，江海运筹平。十载劳攻守，悠悠大汉声。

七绝

圣颂

二零一七闰六月二十四日

信翻史籍叹黄云，从未藏青驻汉军。
主席若非长胆略，今行雪域不通文。

五律

闻四十年同学欲相聚而怀旧

二零一七闰六月二十六日

匆匆别校门，去久意犹温。岁月人颜老，风霜树影昏。

云随销理想，雁逝唳慈恩。【一】溢彩华灯上，何如有旧村。【二】

【一】慈恩寺即大雁塔。

【二】现在大雁塔开发成华丽的曲江文化景区，而我总觉逝去的环绕雁塔的旧村蕴含着一种苍古的气韵。

七律

步黄景仁韵和农民工诗

二零一七闰六月二十六日

初读新诗醒久醒，复看再三忍悲声。
往时想象知辛苦，此日形容涌感情。
梦里犹能聊后世，杯中且勿论今生。
锦衣浑忘漳江血，槐对英魂刀下行。

七绝

风雨大作赋楼外高树

二零一七年七月七日

山檐齐整遮梧槐，繁叶亦能动风雷。
夜雨扑窗疑浪击，涛声却自半空来。

七律

冶金建筑学院 7306 班四十年首次聚会有感即赋

二零一七年八月三日

忆昔青春激越时，人讥侥倖占梧枝。
只缘狂飔非常史，莫怪英雄俱沛骑。
半世频遭寻俗议，同侪奋越最高墀。
评章优劣又谁论？ 已近秋风渭钓迟。

五律

赠以色列约旦同游者王博

二零一七年八月二十五日

荒漠少春色，戈兰望战尘。
涂泥惟白齿，泛海若停鳞。
水重清犹碧，波低卤入唇。
由来纷乱地，且乐忘年人。

七绝

晓露在荷

二零一七年九月十九日

天露碧盘袅袅扶，
人间得睹胜珍珠。
风来力怯捧还侧，
滚入清波化却无。

七绝

致文利小周

锡兰古国作同游，
不觉归来已两秋，
年齿虽殊未相忘，
友情温厚谢泸州【一】。

【一】小周文利是泸州人。

朝中措

（自 况）

作词：竺国良诗
作曲：焦　傑曲

1=C $\frac{3}{4}$ ♩=55

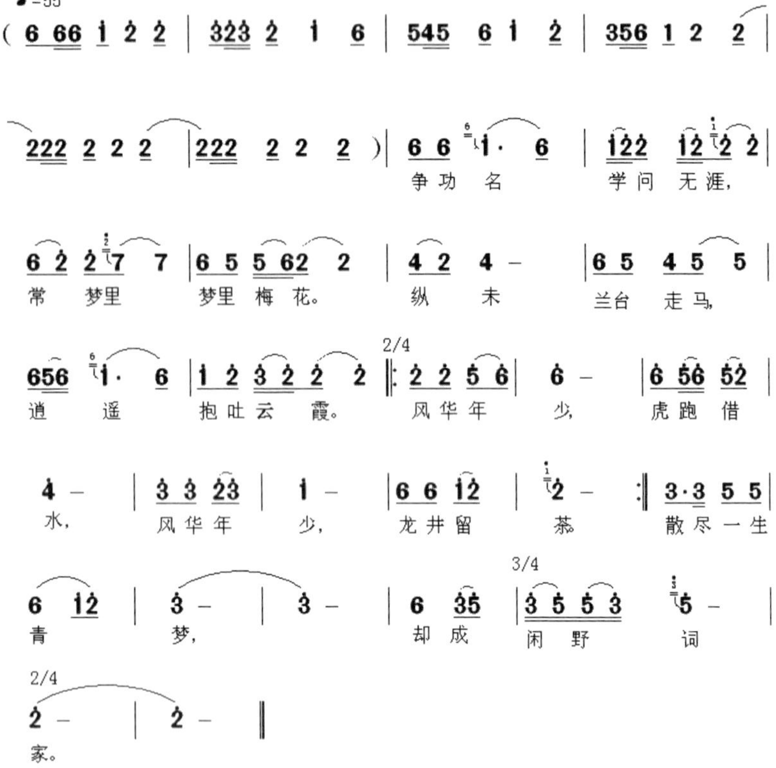

争功名
学问无涯，
常梦里
梦里梅花。
纵未
兰台走马，
逍遥
抱吐云霞。
风华年少，
虎跑借水，
风华年少，
龙井留茶。
散尽一生
青梦，
却成
闲野词家。

秋 日 遊 杜 公 祠

1=C 4/4

竺国良诗
焦 傑曲

（2̲5̲ 6̲5̲ 6̲2̲̇ 5̲6̲ | 2̲5̲ 6̲5̲ 6̲2̲̇ 4̲5̲ | ⅟ ）

‖: 6̲ i̲ 2̲̇3̲ i̲ 2̇ | ⅟2̇ - - - | i̲̇ 2̲̇ 3̲̇ i̲̇ 2̇ 3̇7̲ | 6 - - - |
秋塬杂树绿黄　红,　　曲径明祠谒杜　公。

5̲ 6̲ i̲2̲̇ 6̲ 5̲6̲ | 4 - - - | 7̲ 6̲ i̲ 5̲ 6̲ 3 | 2 - - - :‖
干老紫薇庭独　立,　　柯森翠柏屋围　笼。

6̲ i̲ 2̲̇ i̲ 3̲ 2̇ | 4 - - - | 5̲ 5̲ 6̲ 5̲ 4̲ 5̲6̲ | 3 - - - |
秋怀危峡心家　国,　　吏别艰途泪妪　翁。

i̲ i̲ 2̲̇ 3̲ 2̲ 5 | 6 - - - | 5̲ 5̲ 6̲ i̲ 3̲ 2̇ | 2 - - - |
院寂苔陰无足　迹,　　箫箫竹引少陵　风。

6 - - - | i̇ - 2̇ - | 2̇ - - - | 2̇ - - - ‖
少　　　　陵　　　　风。

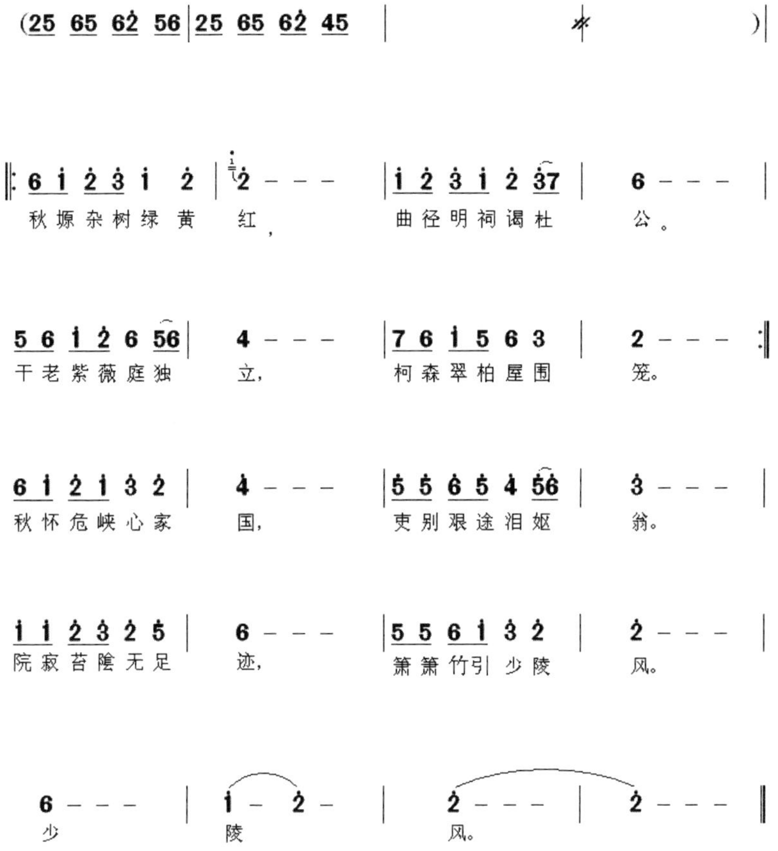

注：原题名为《秋日登杜陵塬遊杜公祠》。

曲江咏史

1=D 4/4

竺国良 诗
焦 傑 曲

♩=55

```
(6 6̣  6  1̇6̣1̇  2̇ | 656  43  2 - | 22  33  44  55)
```

```
6 6  2̇3  2̇ - | 3̇  2̇3̇2̇  1̇ - | 2̇·2̇  3̇2̇  1̇  7̇5̇ |
```
今古曲 江　柳色 新，　少陵痛惜两番

```
6 - - - | 1̇  6̣1̇  2̇3̇  2̇ | 6̣2̇  1̇6̣5̣  654̣  4̣ |
```
吟。　　丽人　调笑 移舟 晚，

```
5̣5̣6̣  1̇·2̇  7̣ | 5̣  6̣  1̇  2̇ - | 6̣6̣  5̣5̣4̣4̣5̣5̣ |
```
野老 潜行 贳酒　频。　摩耶诘耶通啊禅哎

```
6̣6̣  5̣45̣  6̣ - | 6̣6̣  5̣5̣4̣4̣5̣5̣ | 6̣6̣  565̣  5̣ - |
```
居耶别　业　青耶莲哎仗啊剑耶　访啊真　人。

```
5̣  4̣5̣  6̣5̣6̣  1̇ | 5̇  4̇5̇  3̇ - | 1̇·1̇  2̇6̣  4̇5̇  3̇ |
```
如今 尽道 盛唐 好，　记否 渔阳鼙　鼓

```
2̇ - - - |
```
尘。

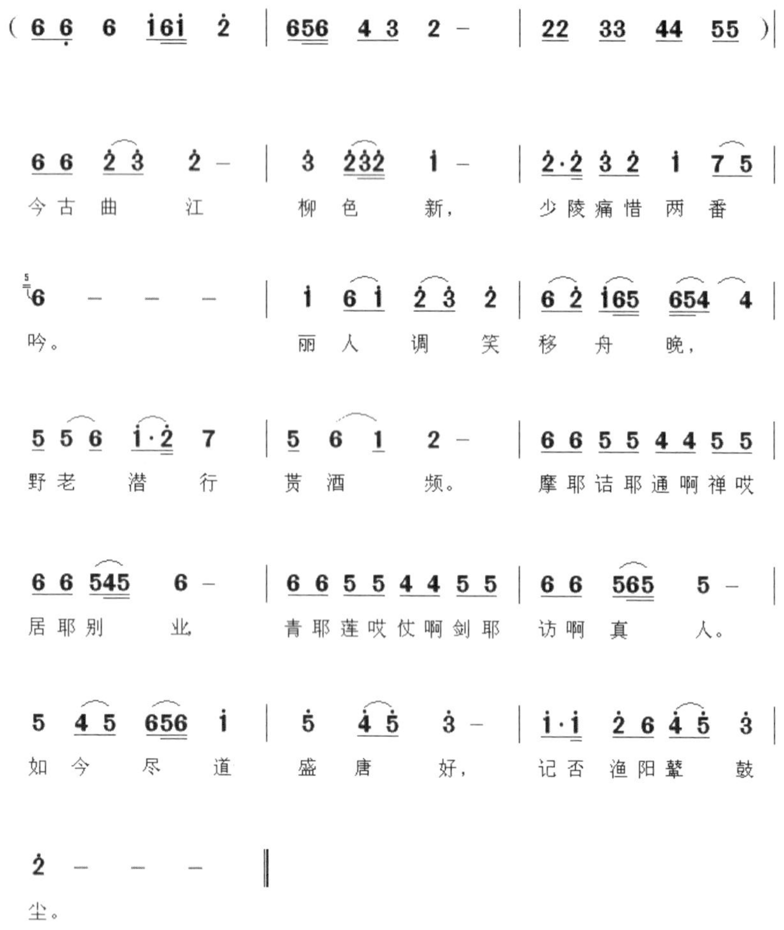

叹同辈诸公

1=C 2/4
♩=70

竺国良 诗
焦 傑 曲

(2 2· | 456 6 | 2̇1̇2̇ 6543 | 2 1 2 | 2 - | 2 -)

6 6 | 2̇ 2· | 1̇·2̇ 3̇2̇ | 2̇ - | 6 5 3̇ | 2 3̇2̇1̇7̇ |
暮 霭 沉 沉 锁 故 园， 流 光 照 柳

6̇2̇ 5 6 | 6̇ - | 4 4 5 | 65 6· | 2̇1̇2̇ 7̇6̇ | 5 - |
也 缠 绵。 壮 青 重 岭 望 乡 里，

65 45 | 6̇ 1̇2̇ | 545 61 | 2̇ - | 2̇2̇ 3̇2̇1̇6 | 6 - |
病 老 空 巢 对 苦 蝉。 伴 醉 浅 言

4 5 6 | 3̇ 2· | 1̇·1̇ 2̇3̇ | 4 5 | 6 - | 6 - |
伤 独 醒， 巧 推 深 理 敛 公 钱。

1̇ 1̇2̇ | 3̇2̇3̇ 2̇ | 6 1̇2̇ | 5 - | 6 6 6 1̇ | 1̇ - |
当 年 豪 气 嗟 何 在， 散 作 轻 烟

3̇ - | 3̇ 2̇ | 2̇ - | 2̇ - | 2̇ - | 2̇ - |
下 渭 川。

四一九

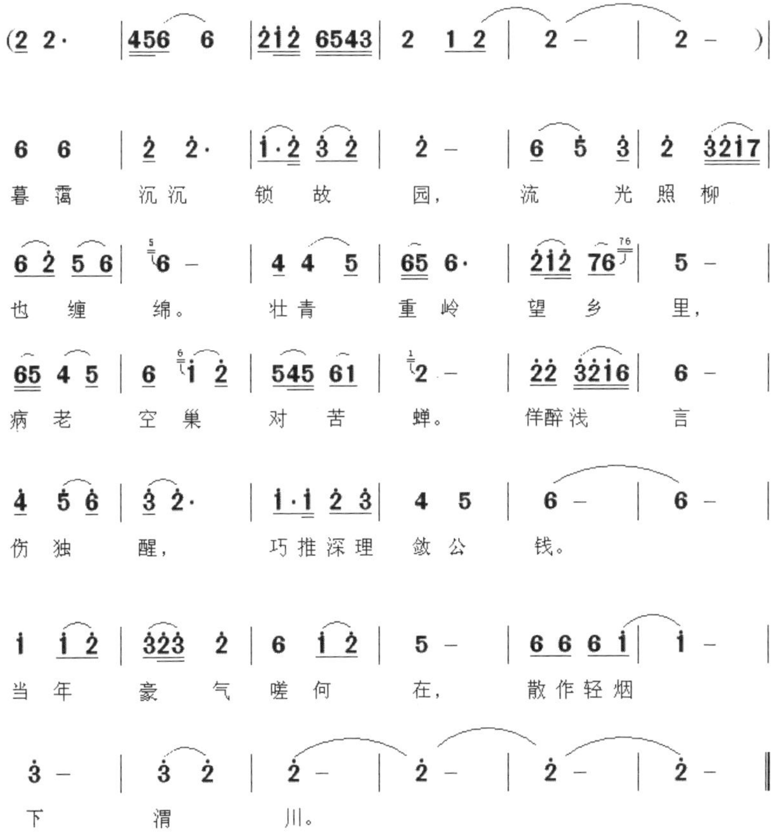

五陵塬遐思

1=D 4/4 中速

竺国良 诗
焦 傑 曲

(2 - 1 - | 6 - 5 - | 6 - 2 3 | 3 - 1 - - |

1 - - -) | 2 1 6 5 | 3 - - - | 5 3 2 7 |
　　　　　　　　五 陵 塬　　　　上　　　望 秦

6 - - - | 3 1 6 5 | 4 - - - | 3 - 2 3 |
川,　　　　心 缕 曳　　摇　　　接 远

5 - - - | 2 - 1 - | 6 - 5 - | 4 - 5 3 |
年。　　　　函 谷 血 污　　强 汉

2 - - - | 3 5 6 1 | 2 - 3 - | 3 6 - - |
霖　　　　曲 江 歌 细 美 姬　　船。

6 - - - | (6·6 6 - 56 | 1 2 3 1 | 2 6 - - |

6·6 // // //) | 6 - 5 - | 6 1 - - | 6 5 - 3 |
　　　　　　　　　流 金　　沉 野　　一 团　灼,

3 - - - | 3 2 1 5 | 6 - 1 2 | 2 - 2 - |
　　　　　　冰 铁 净 空 半 片　　　悬。

2 - - - | 3 5 2 3 | 1 - 2 6 | 6 - - - |
　　　　　　物 事 亘 绵 复　　如 此。

5 5 6 1 | 3 - 2 3 | 3 - 1 - - | 1 - - - ‖
银 河 依 旧 泛 星　　天。

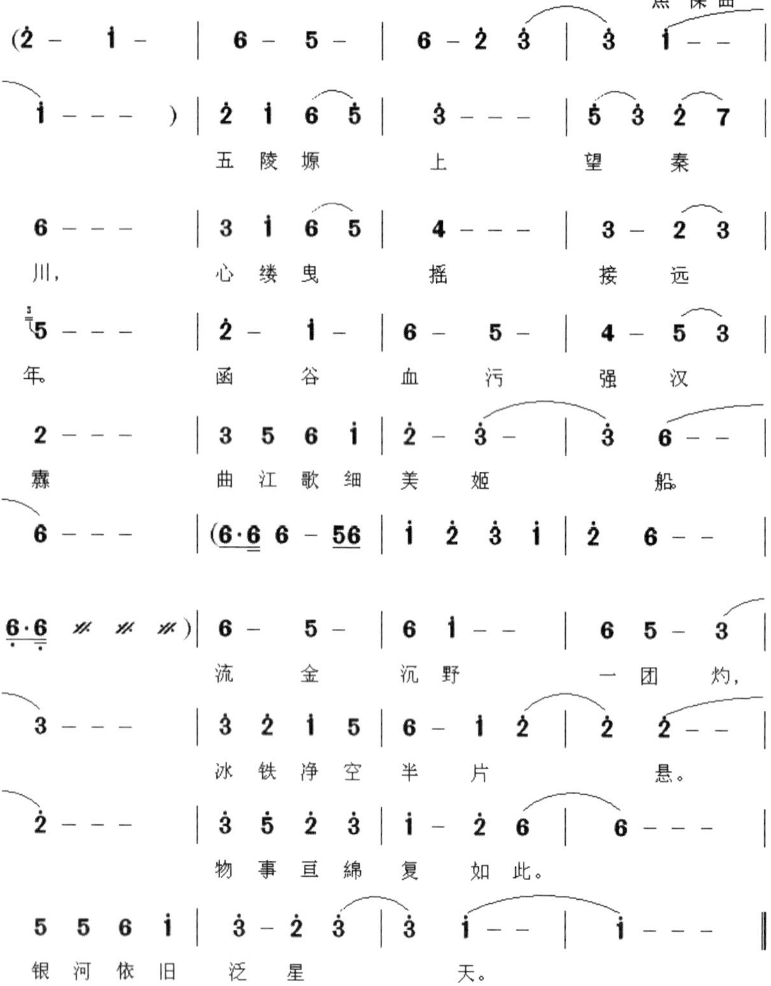

图书在版编目(CIP)数据

一园半厦集/竺国良著. —上海:上海三联书店,2018.1
ISBN 978-7-5426-6195-1

Ⅰ.①一… Ⅱ.①竺… Ⅲ.①诗集—中国—当代
Ⅳ.①I227

中国版本图书馆 CIP 数据核字(2018)第 005708 号

一园半厦集

著　　者 / 竺国良

责任编辑 / 陈马东方月
装帧设计 / 徐　徐
监　　制 / 姚　军
责任校对 / 叶学挺

出版发行 / 上海三联书店
(201199)中国上海市都市路 4855 号 2 座 10 楼
邮购电话 / 021-22895557
印　　刷 / 上海展强印刷有限公司

版　　次 / 2018 年 1 月第 1 版
印　　次 / 2018 年 1 月第 1 次印刷
开　　本 / 890×1240　1/32
字　　数 / 30 千字
印　　张 / 14.375
书　　号 / ISBN 978-7-5426-6195-1/I·1368
定　　价 / 59.00 元

敬启读者,如发现本书有印装质量问题,请与印刷厂联系 021-66510725